길 잃은 개

길
잃은
개

초판 1쇄 인쇄 2015년 5월 2일
초판 1쇄 발행 2015년 5월 11일

지 은 이 장준영
디 자 인 박애리
펴 낸 이 백승대
펴 낸 곳 매직하우스

출판등록 2007년 9월 27일 제313-2007-000193
주   소 서울시 마포구 월드컵북로 260, 33동 305호(성산동, 아파트)
전   화 02) 323-8921
팩   스 02) 323-8920
이 메 일 magicsina@naver.com
I S B N 978-89-93342-42-0

*책값은 표지 뒤쪽에 있습니다.
*파본은 본사와 구입하신 서점에서 교환해드립니다.

깊은 울음 개

장준영 지음

이 도화지처럼

깨끗하고 순수했던 故 오대현을 기리며

이 책을 바칩니다.

잘가라!

영원히 젊은날에 머무를 친구야

CONTENTS

길 잃은 개

네
오
노
마
드

살면서 지금까지 한 곳에 정착하지 못했고 이곳저곳을 떠돌아 다녔다.
한 곳에 정착하지 못하고 방랑하는 현대판 유목민이었다. 그러기에 누구보다
수많은 헤어짐과 이별을 겪어야만 했다. 그 이별 중 내 삶을 뒤흔든 이별의 과정이
두 번이 있었으며 그 아픔을 견딜 수가 없어서 1년간 유라시아대륙을 방랑하였
다. 현재 한 곳에 2년간 머물러 있지만 곧 떠날 몸이다.

그리고,
바람 불어오는 방향대로 어디론가 다시 떠날 준비를 하고 있다.

두
바
퀴

　어느 날 갑자기 두 바퀴에 내 인생을 걸었다. 넘어지지 않기 위해서는 달릴 수밖에 없었고, 달리지 않으면 넘어질 수밖에 없었던 그 미묘하고도 아이러니한 운명의 수레바퀴. 여행의 이동수단에 있어서 완전한 네 바퀴가 아닌 불완전한 두 바퀴를 택한 이유는 그 대륙, 그 땅의 기운을 온몸으로 느낄 수 있으며 또 불완전한 우리 내 인생과 닮았기 때문이다. 완전함이라고 생각되지만 실은 불완전함의 연속이었고 전혀 앞일을 예측 할 수 없었다. 항상 삶과 죽음이라는 그 아슬아슬한 경계선 위에 서 있였다. 난 그것이 좋았다. 내가 살아있다는 느낌이 강하게 들었고 땅에 처박히는 일이 있더라도 이카루스(Icarus)의 날개처럼 단 한번만이라도 자유롭게 날고 싶었다.

세상의 끝

2011년 8월 5일부터 2012년 7월 25일까지 약 1년간의 이야기를 당신들에게 들려주고자 한다. 장도의 여정을 떠나는 사람들에게 세상 사연 없는 사람은 없었던 것처럼 나 또한 나만의 이야기를 가지고 떠났다. 아니 도망쳤다. 처음엔 '세상의 끝'이라고 불리는 곳에서 자살하기로 마음먹었다. 그러나 내가 그 '세상의 끝'을 찾아가는 과정에서 영겁의 시간 그리고 위대한 바람에 의해 탄생된 히말라야 그 길 한복판 위에 과정에서 한 인간의 '삶'과 '죽음' 따위는 이곳에서 우주의 먼지보다도 못한 가치였다는 것을 알았고, 그 '죽음'의 목적 자체가 소멸 되었을 즈음 어느새 '세상의 끝'에 도달하였다. 그러나 그 세상의 끝은 허무와 공허 그 자체였다. 도망쳤던 곳에 낙원이란 없었다. 그런데 누군가가 어디를 가면 '구원'을 받을 수 있다고 하여 '구원'을 찾아 다시 떠났지만 그 곳엔 메시아는 있었지만 '구원' 자체는 없었다. 그러나 그 '구원'으로 갈수 있는 매개체를 얻어 자신감을 가지고 '인간의 바다' 속에 뛰어들었지만 두려움이라는 안개 속에서 그 매개체를 잃어버렸고 그 후 온갖 악행으로 인해 지옥불로 내동댕이쳐졌다. 그러나 부처의 도움으로 그 지옥에서 벗어났으며 간신히 저승에서 이승으로 넘어왔다. 그 후 낙원이란 게 없음을 깨달았을 때 과감히 '인간의 바다'에서 벗어나 '서쪽의 끝'으로 갔고 그 곳에서의 사람들에 의해 밝혀지고, 찢겨질 때쯤 또 다른 사람들의 사랑과 도움으로 세상을 가로지를 수 있는 '두 바퀴'를 구해 원래 왔던 '동쪽의 끝'으로 달려갔다. '동쪽의 끝'을 향해 달려가면서 나의 치기로 인해 그 곳으로 가는 길이 막혔고, 나는 무너졌다.

그러나 북쪽에서 불어오는 시원한 바람 냄새를 맡고 '북쪽의 끝'을 향해 마지막 장도의 여정을 가했고 그 기대했던 '끝'에서도 '아무것도 없었음'과 '아무것도 얻은 게 없었음'을 깨달았다. '끝'은 그 자체였다. 그리고 나중에서야 깨달았다, 여행의 목적은 무엇을 알으러 가는 것이 아닌 비우러 가는 것이라는 걸.

　그리 유쾌하지는 않은 이야기, 이 시대의 대한민국을 살아가는 희망 없고 마치 자신의 삶과 미래가 새까만 어둠속을 오로지 촛불 하나만을 의지한 채 걸어가고 있다고 느낀 당신들에게….

　한때 자신이 사회의 패배자인 마냥 뒷걸음을 치고 또 그 세상을 벗어나고자 몸부림 치고 도망쳤던 나의 이야기로나마 그대들에게 조그마한 위로의 메시지를 보내주고자 한다. 꼭 한 인간의 '자서전'이 소위 성공한 사람들만의 전유물이 아니다. 나의 실패한 20대 시절의 회고를 통해 많은 방황하고 외롭다고 느껴지는 반도의 젊은 청년들에게 작게나마 위로를 주고 싶고 또 세상의 끝이 어딘지 궁금해 하지도 않는 사람들에게 그 끝엔 무엇이 있는지 들려주려고 한다.

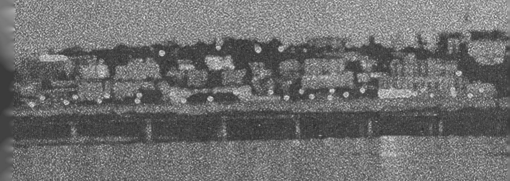

전능과 자비로도 할 수 없는 일이 한 가지 있다.
일을 없었던 것처럼 만드는 일이다.

아이스킬로스

정

서울

SEOUL

고
시
원

나는 1988년 2월 3일 대전에서 태어나 외동아들로 엄격하신 아
버지 그리고 나에겐 상냥하고 다정했던 어머니 밑에서 사랑을 많
이 받고 자랐다. 나의 아버지는 어린 시절부터 두 집 살림을 하셨
던 할아버지, 집안의 가장 역할을 했던 할머니 그리고 세 명의 어린
여동생들과 함께 삶이라는 치열한 전장 속에서 악착같이 살아오신
분이며, 그다지 부모의 사랑을 받지 못했고 두 분 다 돌아가실 때까
지 평생 원망만 하시다가 그분들이 돌아가시고 나서부터 지금까지
아니, 본인이 아마 죽을 때까지 살아생전 부모에 대한 효도를 못한
것에 대해 후회만 하셨고 앞으로도 그리하실 분이다. 결혼 후 악착
같이 살아오셔서 어린 시절에는 나름 유복하게 지냈다.

아버지께서 어릴 적부터 부모에게서 사랑을 못 받고 또 평생 싸우셔서 그런지 몰라도 자식이라고는 하나뿐인 나한테 지나칠 정도로 열과 성의를 다하셨다. 내 또래의 다른 아이들과 달리 난 주말이면 매일 목욕탕에서 아버지와 삶과 미래에 대해서 이야길 많이 하였고, '인생을 어떻게 살면 편안하고 남부럽지 않는 삶을 살 수 있는가?'에 대한 지극히 세속적인 이야기와(아버지가 주입한) '꿈'에 대하여 이야기를(내 자신의 반항적인 '자아'를 받아들이기 전까지) 계속 해왔다.

그리고 2001년 10월 중학교 1학년 때 부모님이 이혼을 하셨고, 아버지는 말씀하진 않으셨지만 곧바로 새어머니와 함께 동거를 하셨던 것 같다. 나는 엄마와 함께 이모집 단칸방에서 약 1년의 세월을 보냈다. 그러나 나를 키울 능력이 없던 엄마는 나를 떠나 서울로 갔고 자세히는 모르지만 교회에서 만난 남자와 가정을 꾸렸던 것 같다.

그때부터였던 것 같다.

15살 때부터 나의 성장이 멈추었고 나만의 세계에 갇혀 지냈다. 아이러니하게도 내가 위에 서술한 일면의 두 사건들은(부모의 이혼, 버림받음) 한 인간의 일생에서 제법 큰 사건임에도 불구하고 그 당시 상황은 지금으로써 자세히 기억나지 않는다. 그리고 그 때, 마음속 언저리에 부모가 나에게 준 '작은 상처'가 씨앗이 되어 조금씩 '외로움'으로 자라나고 있었다. 그리고 그 '외로움'이 점점 자라 어느새 나를 잠식하기 시작하였다. 아직도 이따금씩 내가 힘들거나 외롭다고 생각할 때 '우울증'으로 변해 나를 통째로 삼켜버리기도 한다. 그 당시 '버림받음'에 대한 끝없는 원망은 10년이 지나서야 조금씩 녹기 시작했다.

고시원 방에 갇혀 살기 시작한 그때부터 떠나기 전 24살 여름까지 수험생활을 하였던 1년 반의 시간을 제외하고는 3평 남짓한 고시원 작은 방에서 살았지만 불안하고 우울했던 가정환경에도 불구하고 제법 모범생으로서 학창시절을 보냈다.

중, 고등학교 시절 아버지가 하셨던 사업이 실패하고 조그마한 칼국수집에서부터 시작해 지금까지 많은 일을 시도하셨지만, 몸이 고된 것에 비하면 벌이는 괜찮다고 할 수가 없었다.

그 당시 난 아버지가 몹시 싫었다. 아버지는 나랑 대화할 때마다 '인생은 이렇게 살아야한다. 열심히 공부해서 자신처럼 살지 마라, 네 엄마와 이혼한 이유는 어쩌고저쩌고….' 지금 생각해 보면 나에게 '희망'까지는 아니지만 당신 자식은 잘 살길 바라는 '바람'으로 사랑을 왜곡되게 표현하셨다. 조금이라도 삐뚤게 나가려고 하면 그대로 맞았고, 밟혔고, 윽박당했다. 내가 나의 꿈을 가진다는 건 상상도 할 수 없었고 말 그대로 아버지가 주입한 꿈이 마치 내 꿈인 마냥 경주마처럼 앞만 보고 이유도 없이 달려야 했다.

난 세상에서 아버지가 가장 무서웠지만 아버지를 신뢰하진 않았다. 그 당시 나를 둘러싼 모든 것이 싫었다. 16살 때 사춘기가 찾아오면서 멋과 이성에 눈을 떴고, 또 소위 잘나가는 아이들과 어울리면서 아버지의 말씀에 귀 기울이지 않았다. 또 조그만 고시원 방에서 '삼국지', '초한지' 등 영웅들의 이야기를 읽으면서 나도 언젠가 멋지고 야망 있는 삶을 살고 싶다며 뜬구름을 꾸기 시작하게 되었다.

그때부터 나는 작은 고시원 방에서 칼을 차고 말을 타며 대륙을 달리는 상상을 시작했다. 불교에서 면벽수행이라는 말이 있듯이 나는 그 작은방에서 큰 세상을 꿈꾸었다. 그러던 중 어느 순간부터 모범생에서 문제아가 되었고, 남들 앞에서 튀는 것을 좋아했는데 지금 생각해보면 보여 줄 수 있는 게 없다는 것에 대한 반증으로 내 표출욕구가 이상한 쪽으로 터지기 시작했던 것 같다. 시간이 지날수록 나의 허황된 꿈은 더 커져만 갔고, 또 남들 앞에서 보여 주는 허영심도 더 커져만 갔다.

　어느덧 고3 수능시험이 끝나고, 나에게 펼쳐진 결과는 내가 사는 지방 국립대 수준에 불과했다. 그러나 나는 이 결과를 받아들이지 못했다. 아버지가 숨 쉬는 공간을 빨리 벗어나고 싶어 했고, 도망치고 싶었다. 그리고 서울에 있는 대학에 원서를 모두 넣었지만 결과는 참혹했다. 나는 아버지 몰래 서울에 있는 학점은행제 기관에 지원을 하였고 그곳에 다니면서 편입을 하여 좋은 학교로 가겠다고 설득시켜 그렇게 도망치듯 대전을 떠나 서울로 왔다. 내 인생 최초의 '도망'이었던 셈이다. 하지만 가족만 제외한 나머지 모든 사람들한테 '그 학교'에 대해 일절 말하지 않았다. 그리고 현재까지도 내가 그 학교에 다녔다라고 생각하는 사람들도 많다. 이 거짓말을 여기에 서술 한다는 게 참으로 부끄럽다. 마치 사람들한테 나의 치부를 보여주는 것 마냥….

　아버지한텐 거짓말로 열심히 공부하는 척을 했지만, 현실은 고삐 풀린 망아지 마냥, 서울이라는 이 자유로운 땅에서 '자유'가 아닌 '방종'이라는 일탈행위를 일삼았다. 그리고 2년 후에 찾아온 편입시험 그리고 편입재수 그 결과는 참혹했다. 그 시절 나는 아주 어둡고, 좁은 방에서 살았다.

비록 처음 서울에 왔을 때 개망나니 같은 생활을 하였고 또 명문대의 가짜 대학생 신분으로 이리저리 많은 여자를 만났지만, 마음 한편에는 내 인생을 결정짓는 '중요한 시험'에 대한 압박감이 계절이 지날수록 커져갔고 그래서 그때 나의 인생을 통틀어 가장 열심히 수험생활을 1년 남짓 해왔다. 그러나 세상이치가 그리 만만한 게 아니란 듯이, 보는 족족 수많은 서울의 대학들 앞에서 무릎을 꿇었고 2년 동안의 결과물들이 허망함과 패배감으로 나를 잠식시켰다. 지금 돌이켜 보면 참 인생 날로 먹으려는 비겁한 한탕주의의 삶을 살았던 것 같다.

그럼, 아버지와의 관계는? 말할 것도 없이 최악이었다. 아버지는 다정다감하게 말씀하시는 분이 아니었다.(지금도) 위로해주기는 커녕, 더 호되게 조이셨고, 윽박지르셨다. 그만 하고 군대나 가라는 것이다. 숨이 막혀 미쳐버릴 지경이었다.

23살 봄의 일이었다.

아버지한테 깨지고 5월의 어느 밤.

'이렇게 살면, 그 인간 말대로 인생 재미없게 어영부영 살다가 죽을 것 같다'라는 느낌과 생각. 사실 나는 따뜻하게 위로받고 싶었다. 따뜻한 위로 한마디면 충분했고, 또 그렇게 하면 시험이던 무엇이던지 간에 잘 할 거라는 생각이 들었다. 그러나 우리 아버지는 그러신 분이 아니셨고 지금도 그러시질 않다.

당신이 살아오셨던 인생 자체가 힘들고 그 누구보다도 치열했기에 '따뜻한 위로'라는 애정보다는 당신 자식에겐 더욱더 치열하게 저 밖에 있는 세상에 대해 알려주시고자 그랬던 것 같다. 23살 봄에서 여름으로 넘어가는 시기에 아버지랑 크게 다투었고 아니 일방적인 정신적 폭행에 크게 상처 입은 나는 아버지에게 의절을 선언하고 거리로 뛰쳐나왔다.

더 이상 기성세대들에게 보여주기 위한 삶이 아닌 나의 삶.
더 이상 착한아이로 살지 않겠다는 결 심

그때부터 하지 말라는 짓은 다하기로 결심하였다.
그때부터 머리를 기르기 시작하였다.

2011.05.09

지난번 고모네 집에서 아빠가 한말이 상처가 되어 서
아빠의 말처럼 안 된다는 것을 보여주기 위해서
네가 아빠하고 단절된 생활을 할 생각이라는 거 이제 알았다 .

어제도 말했다시피
아빠 같은 기성세대의 눈높이로 보여지는 그날 너의 모습은
지나가는 어떤 사람을 붙잡고 물어봐도

아마 똑같은 대답이 나올 거라는 생각이 든다.

그것은 성실하고, 착실한 모습과는 정반대 판단이 들게끔
비호감과 제정신이 아닌 놈처럼 보였기 때문이다.
옛말에 하나만 봐도 열을 안다는 말이 있다.
그런 모습을 하고 다니는 놈들은 생각이 그러니 그런 모습으로
다니는 거고, 당연히 뭘 해도 안 되는 것만 하고 다니고,
되지도 않고 또 되서는 안 된다.

이게 일반적인 기성세대의 생각이고 아빠 생각도 그렇다.
그 모습으로 다니는 너는 그냥 중요한 것이 아니라고 생각할지
모르지만 세상 살아보면 알게 될 거다.
선입관!
첫인상!
사람들은 이런 걸로 다른 사람을 평가하고 대한다.
그래서 영업사원들이 왜 외모에 신경을 쓰는지를….
남녀관계도 마찬가지다. 첫인상, 첫느낌.
알아들었으리라 믿고
더 이상 외모 가지고 말하고 싶지 않다.

준영아,
아빠한테 뭘 보여주려고 노력하지마라.
아빠는 네 학교문제 더 이상 바라지 않는다.

그땐 편입을 목표로 너도 나도 노력했는데
열심히 3년 해서 안 된 걸 어쩌겠냐?
더 이상 욕심내지 않는다.

또, 편입해서 4년제 나오면 뭘 할 건데,
그것에 더 올인하면 네 인생만 피폐해진다.
그만하자. 그만하고
현 위치에서 학교문제보다는
네 인생이 더 중요하다.

즐겁게 활기차게 알차게 인생을 살아가야 되잖니?
다시 한 번 말하지만
아빠한테 뭘 보여주려고 노력하지마라
그냥 준영이가 평범하고,
건강하게 행복하게 살아가기를 바랄뿐이다.

인생진로를 기분에 따라서 네 맘대로 정하고 살면
시련과 실패의 연속을 온몸으로 겪으면서
하나하나 어렵게 체득할 수밖에 없다.

아빠로서 부모로서, 세상을 먼저 살아온 인생선배로서
니를 말린다.
또, 이런 문제로 자식과 몇 년씩 헤어지는 것도 말도 안 되고,

학교는 상의 한마디 없이
휴학하고 편입준비했다고 하니 깜짝 놀랐다.
이젠 그만 무거운 짐을 내려놔라
4년제 안가도 되고, 크게 출세 안 해도 된다.

기왕 이렇게 휴학했다니,
험한 세상살이가 뭔지도 좀 힘들게 겪어 보고,
한두 달 고민해보고 아빠한테 내려와라.
유학을 가든 군대에 가든 함께 고민하고 풀어나가자.
너를 눈 빠지게 기다린다.

사랑한다. 내 아들 준영아.

날
개

　도망쳤다. 아버지가 알고 있는 고시원이 아닌, 내가 일하고 있던 가게 사장이 직원들에게 내준 숙소로. 처음엔 몇 개월만 일을 해서 돈을 모은 다음, 그 돈을 가지고 혼자 공부해서 좋은 학교로 편입을 해, 합격증을 가지고 아버지랑 화해를 하려고 했다. 떠날 땐 보여주기 위한 삶을 더 이상 안산다고 소리 치고 떠났는데, 완전히 아버지를 떠나지 못했던 모양이다. 착한아이 콤플렉스에서 완전히 벗어나지 못했던 것이다.(지금도 그러하다)

　술집에서 일을 하던 중 손님들이 다 빠지고 난 시간, 우연히 웹서핑을 하다가 오토바이 여행자의 사진을 보았다. 나로서는 너무나 멋져 보였다. 아무도 없는 사막과 같은 곳에서 먼지로 뒤덮인 모터사이클과 여행자의 모습. 이동수단에 연연하지 않고 자신이 가고 싶은 곳을 갈 수 있고, 국경을 맨몸으로 넘나들고, 대지의 바람과 진동을 온몸으로 느끼는 그의 모습에서 속박 받지 않는 진정한 자유를 보았다. 그리고 현재 내가 무엇을 하고 있고, 무엇 때문에 돈을 벌고 있는 지에 대해 생각해 보았다. 결론은 '아니다'였다. 그날부터 계속 오토바이와 함께 대륙을 횡단하는 내 모습을 떠올렸고 진짜 하고 싶은 것을 찾았다. 그리고 여행갈 돈을 모으는데 전력을 다했다. 밤에는 술집에서 일을 하였고, 낮에는 옷가게에서 일하는 등 하루 4시간씩 자며 돈을 모았다. 그리고 그렇게 시간이 지났다.

처음 3개월만 일한다던 게 어느새 6개월이 되어가고 내가 모은 돈이 700만 원을 넘어서고 있을 때는 이미 크리스마스가 지나고 새해가 찾아왔던 2011년 1월. 어느새 24살이었다.

친한 친구랑 오랜만에 클럽을 갔고 '그녀'를 만났다.

그녀는 나처럼 집을 떠나 서울에서 홀로 타향살이를 했다. 그녀는 강남에 있는 네일아트 샵에서 일한다고 하였고 또 모델 지망생이었다. 우리는 일이 끝나는 새벽이면 항상 만났고, 그렇게 우리의 만남이 잦아질수록 우리의 관계는 깊어져 갔다. 그리고 겨울이 지나 봄이 시작할 때 쯤 우리의 위험한 동거는 시작되었다.

그때 당시 모은 돈이 천만 원을 넘어섰고, 오토바이를 타고 세계를 횡단하겠다는 나의 꿈을 접고, 나와 그녀만의 보금자리를 위한 방을 구했다. 마치 신혼집을 장만하는 새신랑처럼, 아주 기쁜 마음으로 모든 가구를 새로 샀고 강아지도 입양했다. 그렇게 나와 그녀만을 위한 우리들의 행복한 '공간'을 가꾸었다. 그 당시 나의 마음은 그녀로 인해 평온하였고 그녀의 뱃속에 내 아이가 생겼음 싶을 정도로 나는 그 동거 생활에 완전히 녹아버려 있었다. 이미 부모로부터 경험했던 실패한 울타리가 아닌 내가 새로 만드는 행복한 울타리를 만들고 싶었다. 아주 행복했다. 세상일도, 돈에 대한 걱정도, 군대에 대한 압박감도 없었다. 돈이 떨어지면 둘 다 다시 일하면 되고, 군대는 미루면 되었다. 단지 내가 사랑하는 그녀만 내 옆에 있으면 그 뿐이었다.

그러나 행복은 잠시뿐이었다.

2011년 7월.

방탕하고 무절제한 소비생활로 인해 가지고 있던 돈의 밑바닥이 보이기 시작했다. 지독한 현실이 눈앞에 펼쳐지기 시작한 순간이었다. 그리고 이어질 파멸에 대해 말하기에 앞서 그녀에 대해 말하고자 한다.

우리가 처음 만났던 순간부터 그녀는 내게 역삼동에 있는 네일아트 샵에서 일한다고 하였고 또 일하는 시간대가 나와 비슷하였는데, 밤에 일하는 이유가 그녀가 일하는 곳의 단골손님들이 밤에 일하는 아가씨들과 연예인들이라고 했다. 다시 말해 밤일 하는 사람들을 위한 가게라고 했다.

순진했던 나는 곧이곧대로 믿었었지만, 같이 살면서 미심쩍었던 부분이 몇 가지 있었다. 내가 퇴근하고 그녀의 가게로 간다고 말하였을 때, 그녀는 과민하게 반응하면서 오지 말라고 하였다. 또 지나칠 정도로 소비가 심해서 어느 순간부터 불신이 들었다. 의심을 했던 그 시점에(지금 생각해보면) 굳이 파헤쳐서 알고 싶지도 않았고, 또 그때부터 같이 살기로 한 시점에서 내가 일부러 피하려고 했을 지도 몰랐다. 그리고 지긋지긋한 장마가 계속 되었던 7월의 어느 날. 나는 판도라의 상자를 열게 되었다.

우연찮게 그녀의 핸드폰을 보았고, 믿을 수 없는 아니 알고 싶지 않는 그녀의 정체를 알게 되었다.

세상이 뒤집혀 지는 순간이었다.

내가 매일 만지는 그녀의 몸엔 이미 수많은 남자들의 손길이 묻어 있었고 그녀와 내가 함께 살아 숨 쉬는 이 세상도 서로에겐 다른 세상이었다.

그러나 아무리 믿을 수 없는 그 현실이 내게 닥쳐도 그 사실만으로 그녀를 버릴 수 없었다. 감히 건방진 생각일지는 모르겠지만 그녀의 인생을 내가 안고 살아가려고 했다. 속일 수밖에 없어서 미안하다고 우는 그녀를 버릴 수 없었기에…. 다시 사람답게, 정당하게 세상 살아가자고 그녀를 다독인 뒤, 나도 다시 일을 시작하였고 그녀는 번화가에 있는 화장품 가게에 취직을 하며 다시 살아가려 했다.

그 때 그 당시 내가 그녀에 대한 감정은 말로 표현 할 수 없을 정도로 복잡했다. 아무리 말로는 그녀를 이해한다고 다독였지만 정작 내 안에서는 그녀를 거부했던 것 같다. 눈을 감고 잠을 청하려 하면 머릿속에서 나는 수만 가지의 그녀에 대한 상상들이 내 목을 조여 왔고, 그 모습을 본 그녀도 나의 괴로움에 대해 미안해하면서도 감히 다가서질 못했다.

그 과정 속에서 우리들은 점점 끝을 향해 달려가기 시작하였다.

그리고 7월 말.

가게에서 일을 하고 있는데 출근 전 잘 다녀오라고 나에게 키스를 해준 것도 이상했고, 평소에 안하던 행동을 한 것도 수상쩍었는데, 중간 중간 문자를 하고, 전화를 했는데도 받지 않는 것에 불안감과 두려움에 젖어 중간에 뛰쳐나가 집으로 달려갔다. 문은 열려 있었고, 집안은 엉망에다가 키우던 강아지까지 사라졌다. 식탁 위엔 편지 한 장만 남겨져 있었다.

그녀에 대한 배신감이 점점 증오로 치달았고 방안에서 그녀의 흔적을 찾던 중 단서를 찾았다.

미안하다고, 얼굴 못 보겠다고. 도망친 그녀가 다시 간곳은 안마시술소. 그곳에 손님인 체 가장을 하고 전화를 걸어 그녀의 신상에 대해 물어봤고 답을 들었다. 나이 빼고 정확히 일치했다. 너무 무섭고 화가 나 쳐들어가서 칼로 그녀의 배를 쑤실 생각까지 했으나 실행에 옮기진 못했다. 차라리 내가 죽는다는 것이 편하다는 생각이 들었다. 증오와 분노에 치를 떨며 잠식되었던 밤이었다.

밤을 하얗게 지새우고 나서 그녀에게 마지막 음성 메시지를 남겼다. 그리고 그녀를 죽이는 대신 차라리 내가 죽는 게 마음 편할 것이라는 결론을 내렸다. 방안에 있는 창문을 닫고, 가스 불을 켰다. 그리고 칼로 손목을 베었는데 겁이 많아 깊게 베지 못했다. 눈을 감았다. 이제 이 지긋지긋한 세상과 안녕이고 또 나를 이렇게 만들어 놓은 그녀에게 나의 마지막 파멸을 보여준다. 그게 끝이었다 싶었다.

　누군가가 그랬다. 삶의 마지막 순간에 인생의 희노애락이 마치 주마등처럼 스쳐지나간다고 했는데, 내 경험상 그건 아니었고 아버지가 의절하기 전에 말씀하셨던 게 생각났다.

　"인생, 네가 하고 싶은 대로 살 수 있으면 마음대로 해봐라. 그 대신 내가 장담할건데, 너는 양아치처럼 살다가, 세상에 이리저리 데이면서 그날그날 하루 막막히 살 것이고 또 그러다가 여자 만나서 애라도 가지면 그때부터 네 머릿속에 지진이 날 거다, 내말이 틀렸는지 봐라. 뒤돌아보고 후회하기엔 인생 너무 짧다 이 새끼야!"

　회환의 눈물을 흘리면서 의식을 잃어갔다. 대충 얼마쯤인지는 모르겠으나 누군가 현관을 강제로 따고 나를 흔들어 깨웠으나 못 일어났고 응급실로 실려 갔다. 알고 보니 그녀가 내가 진짜 죽을 것을 알고 경찰에 신고했던 모양이었다. 병원에서 퇴원을 한 뒤 나는 그녀의 어머니한테 이 사실을 말하였고 그녀의 어머니가 데리러 오기 며칠간의 시간을 그녀와 함께 눈물로 보냈다.

MOT의 날개

우린 **떨어질 것**을 알면서도 더 **높은 곳**으로만 날았지. 처음 보는 세상은 너무 아름답고 슬펐지. 우린 **부서질 것**을 알면서도 더 **높은 곳**으로만 날았지. 함께 보낸 날들은 너무 **행복해서** 슬펐지. 우린 차가운 바람에 아픈 날개를 서로 숨기고 약속도 다짐도 없이 시간이 멈추기만 바랬어.

그리고 그녀를 그녀의 어머니한테 보냈다. 그렇게 헤어졌다. 그녀를 그렇게 보내고 난 뒤 텅 빈 '우리집'에 앉아 멍하니 생각했다. 도저히 살아갈 용기가 나지 않았다. 그냥 살기 싫었다. 그래서 무작정 강남대로를 걷기 시작했으나 지나다니는 남자들을 보니 왠지 그녀의 손님이었을 것 같다는 생각에 순간 나도 모를 살인충동이 생겨났고 그런 생각의 역겨움에 빠져 칼을 사고 있는 마트 안 거울 속의 내 모습에 크게 놀라 우선 사람들이 없는 곳으로 도망가야겠다고 생각했다.

그리고 어떻게 죽을까 생각하다가, 문득 한 장의 사진을 보았다. 굉장히 장엄하고도 고독한 그리고 적막함에 있어서 '끝'이라고 생각되는 곳이었다. 그 장엄한 풍경 안에 오토바이 한 대와 여행자가 있었다.

그래 저곳에서 죽자. 어디지? 라다크? 찾아보니 인도였다.

라장

이 한 장의 사진을 보고 이곳에서 죽을 것을 결심했다.

그리고 그렇게 갑자기 떠났다. 아무 것도 남긴 것이 없이….

내가 인도를 선택한 이유는 거창 하지 않다. 그럼 그 이유를 묻는
다면 단순명료하게 대답할 수 있다. [싸다], 일주일만에 집을 정리
하고 이것 저것다 팔아치우고, 빚 갚고 하다 보니 수중에 850만원
이 남아 있었다. 누군가 하는 말이 인도에선 한 달 생활비로 50만
원이면 족하다고 하니 이것저것 다 돌아보고, 다 쓰고, 라다크라는
땅에서 오토바이와 함께 땅으로 기어들어가려고 결심했다.

장준영.

여기서 죽기로 결심했다.

한국인을 싫어하는 한국인 여기서 땅으로 돌아가다.

이렇게 비석을 남기고 죽으면 나름 흔적을 남기고 죽으니깐 무기
력하고 아무 영향력이 없는 한 잉여인간의 최후로 썩 나쁘지 않다
고 생각했다. 그렇게 난 세상의 끝이자 오래된 미래라고 불리는 곳
으로 무작정 달려갔다. 처음에 난 인도대륙에서 사는 인간들을 미
디어로만 접했을 때 만만했고, 무시했다. 그러나, 난 그들을 너무
쉽게 생각했고 그들의 땅에 대면하는 순간부터 나올 때까지 철저
히 깨지고, 찢겨졌다.

아주 처절하게….

신들의 땅
인간의 땅
혼돈의 땅

"되지도 않을 일을 시도하다가 파멸한 인간을 나는 사랑한다."
그렇다. 우리는 계속 굴러 내려갈지라도, 다시 바위를 밀어 올리는
시시포스여야 한다

-프레드리히 니체

첫 키스, 첫 경험, 첫 느낌. 누구에게나 '처음'이란 단어는 왠지
모르게 설레고, 아찔한 기분이 들 것이다. 나에게는 2004년 11월.
아찔한 첫 경험으로 소년에서 어른으로 가는 성장통을 강렬히 느
꼈고, 2011년 8월 5일, 첫 여행. 드디어 한국에서 알고 있던 내가
아닌 그 격렬한 땅에서 새롭게 '자아'가 생기려는 진통을 겪고 있
었다. 일부러 아무것도 알아보지 않았다. 그냥 어떻게든 빨리 이 반
도에서 벗어나 남쪽으론 강렬한 태양으로 인해 세상이 불타 녹여
지고, 북으로는 하늘에서 잡아당겨지는 천력이 공존하는 그 땅. 인
도대륙으로 곤두박질치고 싶었다. 내가 그 당시 인도에 대해 아는
정보라고는 인도의 수도 델리, 타지마할, 그리고 갠지스강 딱 이 정도

였다. 나는 2011년 8월 5일 그날 밤 인도의 수도 델리에 무참히 처박혔다. 도착하자마자 나는 그 모든 것이 두려웠다.

한국에서는 '나'라는 개인이 '자아'에 의한 삶이 아닌 '타아'에 의한 삶을 살아서 그런지, 내 모든 행동들은 그럴듯한 척을 하는 '위선'이었다.

그러나 이곳에선 전혀 타인을 의식할 필요가 없었다. 그래서 좋았다. 그래서 무서웠다. 한국인이 싫어서 한국을 떠난 놈이었는데, 아이러니하게도 이 비겁하고 여린 놈은 델리 공항을 벗어나자마자 자기도 모르게 한국인을 찾아 헤매고 있었다. 그날 어디서 자고, 먹을지 조차도 안 알아 봤기에….

불빛이 거의 없는 인도대륙에서의 첫날밤이 두려웠다. 그리고 깨끗한 델리 국제공항을 벗어나 내 눈앞에 펼쳐진 인도와의 첫 대면을 아마 죽을 때까지 잊지 못할 것이다. 깨끗하고 화려한 인디라간디 국제공항에서 벗어나 여행자 숙소가 밀집한 빠하르간지에 도착하자, 공항에서의 안도감이 산산 조각이 났다. 인도와의 첫 대면을 난 이렇게 기억한다.

[밤은 칠흑같이 어둡고 어두워서 눈을 감으니 오토릭샤의 경적 소리에 청각을 잃었고, 시끄러워 귀를 막으니 사람과 동물의 오줌 지린내로 인해 정신을 잃어버릴 것 같아 코를 막고 입으로 숨 쉬니, 낮 동안 작렬하는 태양 아래에 힌두의 신이 전생의 죄인들에게 벌이라도 주려는 듯한 찌는 더위와 불쾌한 습기. 그것이 나의 인도와의 첫 대면]

오감을 잃어 상실할 것 같은 반 미친 상태에서, 뉴델리역을 방황하였다.

뉴델리역 앞에서 펼쳐진 장면은 날 또 한번 충격과 공포로 빠져들게 하였다. 수 천 명의 걸인들이 광장에 가득 차 여기저기에 누워 있었다. 마치 월드컵 응원전인 것처럼. 그리고 동양에서 넘어온 포동포동한 놈을 보니, 일제히 수 천 개의 눈동자가 나를 향해 달려들었다. 무서웠다. 그리고 두 눈을 크게 뜨고 두리번 걸었다. 배낭을 멘 여행자가 보였다. 너무 반가워서 눈물을 흘릴 지경이었다.

이렇게 미련하고 불쌍한 청년은 같은 한국인 여행자를 만나 같이 숙소로 동행하자고 부탁하였다. 이렇게 나의 인도에서의 첫날밤은 마치 인생의 모순처럼 그리고 첫날부터 '아(我)'와 '타(他)'의 싸움에서 철저히 깨졌다. 이 미개하고 더러운 땅에서의 조화! 처음부터 너무 만만히 보았던 것이다. 다음날 일어나서, 동행했던 분과 헤어지고 빠하르간지를 돌아다녔다. 돌아다니면서 보았던 수많은 인간 군상들. 그리고 소와 개가 뒤죽박죽 섞인 그 거리에서 '혼돈'을 보았다.

그 혼돈 속에서 거리의 거지와, 개들이 나를 계속 쫓아왔다. 거지들은 나의 돈을 쫓았고, 개들은 나의 살을 쫓았다. 도망갔다. 계속 도망쳤다. 아무런 준비와 정보도 없는 터라 인도의 거지들과 개들한테조차 깨지고 있었다. 거리에서 얼핏 들은 정보로 오토바이가 있는 거리로 찾아갔다. 그곳에서 맘에 드는 오토바이를 시중가의 약 3배가 넘는 돈을 지불하고 구입했다. 사기꾼에게 또 깨졌다. 겨우 3일 만에 이 나라를 떠나고 싶은 충동이 치밀어 올랐다. 너무 화나고 또 멍청한 나 자신에 대한 혐오감이 증발해서 현기증으로 만들어 가던 찰나에, 공항에서 보았던 '미라지'의 번호가 불현듯이 기억났다.

미라지는 한국에서 대학을 다니던 친구로 자신은 브라만이고 델리에서 30분 떨어진 곳에서 산다고 하였다. 도움이 필요하면 연락하라고 했다. 그래서 전화를 걸어 도와달라고 요청하였다. 그리고 미라지와 오토바이 사기꾼과의 대결이 시작되었다.

지불했던 금액은 한화로 약 100만원. 3시간의 협상 끝에 70만원 정도를 환불받았다. 그리고 타보지도 않고, 겉모양으로만 마음에 들어서 돈을 일시불로 지급한 멍청한 'One idiot from korea'를 혼냈다. 또 깨졌다. 그 착한 브라만 친구의 도움으로 돈도 받았고 당장 델리를 떠나 마날리로 가라는 충고도 받았다.

"잘들어! 인도에서 길 위를 다니는 사람들 그리고 상대편 운전자들을 보았을 때 너는 사자가 되어야 해, 그렇지 않으면 넌 이 나라의 길 위에서 절대 살아남을 수가 없어! 그리고 웬만하면 혼자 오토바이 타고 여행하지 마. 여기선 진짜 죽어! 강해질 자신이 없으면 대충 관광지만 보고 돌아가! 내가 인도 사람이지만, 여기엔 이상한 사람들 많아."

그리고 그는 나에게 마날리행 야간버스 티켓을 끊어 주었다. 나는 제대로 고맙다는 표현도 하지도 못한 채 이곳에서 또 도망치듯 떠났다.

이 나라에 온지 며칠이 안됐는데 벌써 몇 번째 패배인지 모르겠다.

지긋지긋한 15시간 버스를 타고 마침내 인도의 알프스라고 불리는 마날리에 도착했다. 역시 인도인들의 과장이 심했지만 그래도 지옥 같았던 델리에 비교했을 때 이곳은 가히 천국이라 느낄 수 있었다. 해발 2,000m에 있는 도시라 그런지, 시원하고 또 청명한 냄새를 맡을 수 있었다. 그러나 이 곳 또한 예외라 할 수 없는 게 지린내가 어디를 가나 내 코끝을 따라 다녔다.

숙소에 도착하고 연 이틀 곯아떨어지고 나서 나의 최후의 목적지인 라다크에 타고 갈 무언가를 알아보고 다녔다. 중고 매물 가격이 델리보다는 훨씬 싼 편이었다. 내가 묵었던 곳은 old manali에 있었고, 이 곳 마날리 자체가 지친 여행자들을 위한 쉼터 같은 곳이었다. 이스라엘 여행자들이 많이 보였고 또 내가 싫어한 한국인 여행자들도 자기들끼리 떼로 다녔다.

중앙시장에서는 대마냄새로 진동하였고 거리에는 일렉트로닉(Electronic) 음악들이 시끄럽게 밤하늘을 적시고 있었다. 또 중앙시장 건너편에 있는 전나무 숲들을 지나 어느 언덕을 올라가 보면 무료 유황온천 시설이 있었는데, 그 곳에 발을 담그면 몇 년 묵은 사람의 때가 덩어리가 되어 발에 걸렸다.

나는 이곳에서 2주 동안이나 있었는데, 이렇게 매일 산책하고, 온천하고, 또 오토바이를 알아봤고 밤에는 올드 몽크라는 럼주를 마시며 나름 힐링 아닌 힐링을 하고 있었다. 일주일 동안 체류하다 보니 거리에 있는 샵 주인들과 안면이 생겼고, 그네들한테 오토바이를 구입한다고 떠들고 다녔다. 두 번째 바이크를 구입하고 나니 그것 또한 실수였고 패배였다.

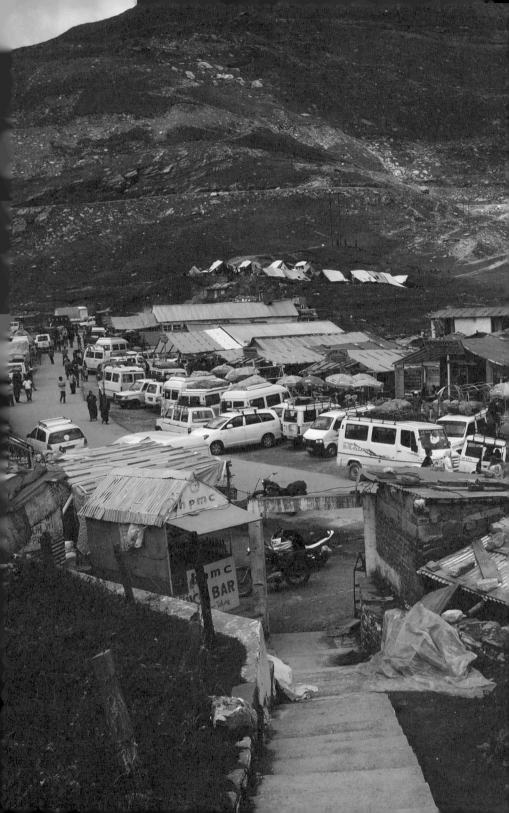

두 번째 오토바이 사기를 당한 부끄러운 이야기를 하기 전에 나와 같은 게스트 하우스에 있던 Dary라는 나의 첫 친구이자, 양아버지인 남아공 아저씨를 소개하려고 한다.

Dary는 50대 중반으로, 대머리에 키는 185 몸무게는 90킬로인 거한이었다. 전직 레지스탕스 용병 출신이었는데 이리 저리 세계 곳곳을 누비다가 인간의 이기심과 허영으로 인한 명분 없는 전쟁에 환멸을 느껴, 총을 벗어던지고는 자유롭게 여행 중인 아저씨였는데, 이 아저씨는 여행 중 마음에 드는 곳을 찾아 그곳이 마음에 들면 영어강사로 몇 년씩 체류하면서 살았는데, 늙어서 힘 떨어질 때까지 여러 나라에 살고 싶다고 했다.(현재 Russia Kazzan에서 거주)

또 그는 동양의 음양사상에 취해있었고, 남북으로 갈라진 정전상태의 분단국가인 우리나라에 관심이 많았던 사람이다. 이곳에 도착하고 떠나기 직전까지 이 아저씨랑 붙어 다니며 밤새 럼주를 마시고 떠들어댔다. 짧은 시간이었지만 이 아저씨가 나의 아버지인 것 같다는 착각이 들 때도 있었다. 지금 생각하면 엄청나게 외로웠고 아버지의 존재가 필요했던 것 같다. 어느 날 Dary가 자전거를 알아본다고 마날리에서 3시간 떨어진 어느도시에 가 있던 날, 나는 디팍이라는 약쟁이 사기꾼에게 그의 오토바이를 구입하고 있었다.

로얄 엔필드사의 350cc Bullet이란 모델을 나름 초퍼 스타일로 커스텀한 오토바이였다. 겉모습만 보고 마음에 들었다. 가격도 델리에서 보다 훨씬 싼 가격이라 바로 구입하였고(정말 멍청하고 급했다) 다음날 근처 계곡으로 테스트를 나갔었는데, 계곡으로 올라 갈 땐 괜찮았지만 내려갈 때 문제가 발생하였다. 시동이 걸리지 않았던 것이다. 한

참을 끌고 내려가던 중 운이 좋게 지나가던 미케닉이 도와주었는데 오토바이의 문제는 기름을 주유하는 부분의 마개가 헐거워서 전날 밤에 비가 스며들었었고 그 부분에서 물과 기름이 섞여 하산할 때 문제가 생겼던 것이다 또 연식과 상태 등을 설명하였더니, 이것 또한 터무니없는 가격에 샀다고 하였다. 오토바이의 기름통에 있는 물과 기름을 다 버리고 말리고 다시 새 기름을 넣고 나서 디팍한테 바로 달려갔다. 뭐 따져 보았자 무슨 소용이 있으랴. 제대로 타보지도 않고 급한 마음에 서둘러 구입한 내 문제였다.

이 문제를 Dary한테 말을 하였고, 너무 화가난 Dary는 그대로 디팍네 삽을 습격, 혼자서 인도인 4명을 꽂아버렸다.

이 사건으로 Dary와 나 디팍은 마날리에 있는 경찰서를 가게 되었고 세 시간 동안 협상 아닌 협박 끝에 돈을 모두 환불받았다. 그리고 디팍한테서 밤 길조심하라는 협박까지도 받았지만 다행히 우리 둘 한테 아무 일도 발생하지 않았다. 그러나 그날 밤 나는 인도에서 계속되는 멍청한 '패배'에 대해 깊은 수렁에 빠져있었고 혼자 목을 조르고 있었다. 그럴 만도 한 게 인도에 온지 2주도 안 되서 내 부주의와 성급함 때문에 두 번의 사기를 당했고, 또 길 위에서 만난 고마운 인연들에게 민폐만 끼친 것 같아 상당히 자존감이 상해 있었다. 한국에서의 삶도 민폐만 끼치며 똥만 누는 잉여인간이었는데, 내가 무시하고 깔보았던 이 나라 인간들한테 조차도 상대가 안 되는구나. 그날밤 Dary가 괜찮다고 위로해 주었었는데 사실 아무 말도 귀에 들리지 않았다. 그리고 이 두 번의 사건으로 그 이후의 삶은 무엇을 사는 행위에 대해서 사전조사와 꼼꼼하게 알

아 본 뒤 값을 지불하는 습관이 생겼고 그 이후에 지금까지는 사기를 당하거나 낭패를 보지는 않았다. 그리고 며칠 뒤 마침내 인도대륙 방황의 시작과 끝을 맛본 세 번째 바이크를 구입하였다.(여기서 세 번째 바이크에 대해선 서술 안하기로 함)

세
상
의

끝

땅에 씨를 뿌리면 싹이 나고 드디어 열매를 맺어 끝없이 반복되
닭이 알을 낳고 알에서 닭이 생김이 끝이 없듯
땅에 그런 원에 시작과 끝이 없는
우리 인생의 이 같은 연속에도 끝이 없다.

-미란타왕문경

　저 멀리 설산이 보인다. 라다크로 향하는 약 500km의 대장정이 이제 막 시작되었다. 마날리에서 라다크로 가는 구간 중 도시라고는 할 수 없지만 사람들이 사는 마을이 한 곳이 있는데(kilong) 그곳을 제외하곤 주유를 할 수 있는 곳이 없어서 오토바이 양 옆에 예비연료통을 부착해 기름을 가득 채워 출발하였다. 전날 비가 많이 내려서 그런지 날씨는 청명하였고, 밤새 긴장하고 걱정을 해서 잠을 충분히 자지 못했지만 저 멀리 보이는 설산을 보면서 마음을 다잡았고 엄숙한 자세로 여행길에 임하였다.

　한 가지 아쉬웠던 건 2주 동안 친하게 지냈던 Dary 아저씨와 Govinda라는 현지 인도인 친구한테 '잘 간다'라는 인사도 하지 못한 채 조용히 숙소에서 나왔다. 얼굴 보며 헤어질 자신이 없었다. 그래도 차마 그냥 갈 수는 없어서 '덕분에 잘 지냈고, 다음에 살아서 보자'라는 쪽지를 남긴 채 조용히 떠났다. 여행한지 얼마 안 되었을 때였지만 벌써 수차례의 만남과 이별 그리고 그 인연이라는 연결고리 속에서 그 반복적인 과정들이 익숙하지 못했다.

그 이후 지금까지 나의 삶에서 수없이 많은 만남과 이별이 있었지만(그 누구보다도 많은 이별이 있었지만) 아직도 헤어짐에 있어선 당당하진 못한 것 같다.

각설하고, 마날리를 떠나 Sollang Valley를 지나자 본격적인 오르막 구간이 시작되었다. 이제부터 옛날 히말라야의 용들이 살았던 전설의 장소로 움직이기 시작했다. 그리고 출발한지 몇 시간이 채 지나지도 않았는데 첫 번째 난관에 부딪혔다.

'로탕패스'라는 고개인데, 길 자체가 진흙벌이라 10km도 안 되는 거리를 세 네 시간이나 걸릴 정도로 이곳 운전자들에겐 지옥과 같은 곳이다. 한눈에도 이곳이 로탕임을 알아볼 수 있었는데, 들어가기 전부터 일렬로 서 있는 트럭과 버스 그리고 그 사이로 힘겹게 지나가는 몇몇 오토바이 여행자들이 보였다. 이곳은 스스로 통과하기가 불가능 할 정도로 진흙벌이 깊어 스로틀을 당길 때마다 바퀴가 진흙에 푹푹 파여 들어가 엔진이 자주 멈췄다.

마침내 그 지옥의 구간 한가운데에 내가 있었고 너무 세게 스로틀을 당겼기 때문에 스타트선이 밖으로 빠져나갔고 핸들 바는 앞으로 휘어졌다.

혼자서는 빠져나가기 불가능한 상황이었다. 그런 와중에 몇몇 인

도인들이 맨발로 뛰어와 내 오토바이를 밀어주고 끌어주며 진흙 속에서 간신히 벗어나게 해주었지만, 힘을 줄수록 오토바이는 진흙 수렁에 더욱더 깊숙이 박히기만 했다.

이때, 지금 생각해 보면 부끄러운 경험이 있었다. 처음 나를 도와주려고 맨발로 달려든 인도인을 나는 거부했다. 이유는 돈을 달라고 그럴까봐 거절했다.

영어도 잘 못했던 사람이었는데, 그 사람이 마치 내가 가진 생각을 읽었듯이.

"no money, no money, I just want help you."

얼마나 부끄러웠겠는가? 인도사람에 대한 선입견 때문에 나를 도와주려는 사람을 거부했다는 것이. 또 건방진 동양에서 온 장발의 사내가 자신이 마치 혼자서 다 할 수 있는 맥가이버 마냥 시건방진 생각으로 남들한테 도움 안 받아도 된다는 생각으로 여행에 임했다는 것 자체가 부끄러웠다.

비록, 진흙 수렁에서 오토바이를 빼왔지만 주행 자체가 불가능해 보였다. 그래서 낄롱(Kilong)으로 가는 트럭을 수소문해 울며 겨자 먹기 식으로 정체모를 트럭기사 사내와 함께 낄롱으로 떠났다. 로탕에서 낄롱까지는 실 거리는 얼마 되지 않았지만 길 자체가 왕복 1차선이고 또 구불구불 계속 올라가는 외길 낭떠러지였기 때문에 실로 시간이 오래 걸렸다. 오토바이로 100km 가는데 대략 10시간 정도 걸렸다.

대략 8시간 정도 이 트럭기사와 함께 있었다. 이 사람은 영어를 할 줄 몰랐고, 차 내부를 보니 온갖 힌두신 장식들을 붙여 놓은 것으로 보아 이 사람은 힌두교 신자였다. 사실 이 사람이 내게 어떤 해코지를 할까 두려워, 가방 안에 있는 카메라를 한 번도 꺼낼 수가 없었다. 사람 사는 마을 자체가 없는 곳인데 그 절벽의 길에서 나를 어떻게 하느냐 마느냐는 온전히 이 사람의 몫이었다.

또 이 사내는 운전 중 하시시(Hasisi)라는 환각물질을 담배에 말아 계속 피워대는 바람에 동공은 노랗게 떠 있었고 자주 멈춰서 짜이를 타 마시는 바람에 시간을 일부러 끈다는 생각이 들어 내 상상 속 공포는 더욱 커져만 갔다.

이윽고 시간은 어느덧 한밤중이 되어버렸다. 그리고 머릿속에서 이 사람이 날 죽여서 오토바이를 채가고 달아나면 나는 개죽음을 맞는 생각밖에 없었다. 이곳 인도에서. 참 아이러니 하지 않는가? 죽으려고 떠났던 놈인데, 또 자살이나 살해당하는 것이나 죽는 건 매 한가지인데, 그때의 심정은 미친 듯이 살고 싶었다.

이 사람이 자주 시간을 끈다는 생각이 들자 나 또한 빨리 목적지에 가야겠다는 생각이 들었다. 그가 힌두교도인 점을 감안 했을 때, 나는 이 사람에게 몸짓, 손짓 대화를 시도하였다.

자식은 몇 명 있나? 힌두교도인가? 그렇다면 karma(윤회)를 믿지 않느냐? 나 또한 불교신자다.(사실은 무교) 현생에 덕을 많이 쌓아서 다음 생엔 좋은 곳에서 태어나고 싶다는 등. 혼자 이 사람이 알아듣기 쉽게 말을 했다. 이러한 노력 덕분인지 몰라도 밤이 깊었으니 차 안에서 자자고 했던 그를 설득시켜 마침내 밤 12시가 다 되어 낄롱에 도착했다. 지금은 담담하게 회고하지만 그때 당시의 8시간은 나에게 공포의 시간이었다. 사람을 못 믿는 자의 '고문'의 대가는 참

혹했다.

 낄롱에서 하룻밤을 묵고 다음날 아침 일찍 일어나 오토바이 수리점에 찾아갔고 두 시간만에 수리를 마치고 라다크로 가는 여정이 시작되었다. 구불구불한 절벽 외길을 계속 올라갔는데 가끔가다 낙석으로 인해 하나뿐인 길이 막힐 경우에 길을 뚫을 공사차량이 올라올 때까지 하염없이 기다려야만 하는 상황이 발생했다. 인부들이 다이너마이트를 설치했고 이내 '펑'하는 굉음이 이 적막한 히말라야 산맥으로 울려 퍼지는 걸 제외하고 먼지와 저 멀리 보이는 설산만이 나를 반겼다. 또 가끔 보이는 유조 차량들과 군용트럭들이 긴 횡대를 이루며 내 앞길을 막을 때, 조수석에서 팔을 내리고 옆길로 지나가라는 제스처를 많이 보았다. 이 외길 낭떠러지에서는 배려와 양보가 있었다.

 처음 인도에서 가장 많이 느낀 점은 '느림'과 '예측할 수 없음'이었다.

 한국에서 나고 자란 나는 초고속적인 시스템에 익숙해져 모든 것들에 적응해 나갔고 뭔가 체계가 확실히 잡힌 그런 거대한 메카트로닉스(mechatronics)의 한 부분 역할을 해가며 살아왔는데, 지금 생각해 보면 이곳에서는 앞일을 예측할 수 없어서 막연함과 불안감을 가지며 앞으로 나아가는 것이 가장 큰 매력이었다.

 앞으로 50km를 4시간이면 갈 수 있다고 머릿속에서 대충 결론을 내린 상태인데 내 앞에는 다이너마이트로 인한 낙석 제거 작업 때문에 가만히 오토바이 위에 앉아서 세 시간이나 죽치고 있다는 이 현실들…. 이 '느림'과 '예측할 수 없음'을 나는 이곳 히말라야에서 처음 느꼈다.

　때론 이렇게 살아가는 것도 하나의 큰 매력이 아닌지 싶었다. 세 시간의 기다림 끝에 드디어 지나갈 수 있었고, 인기척 없는 이 길 위를 지나다 보니 어느새 시간이 많이 지나 있었다. 예정지인 팡 (Pang)에 못갈 것 같았다. 설상가상으로, 갑자기 오토바이가 덜컹거리더니 엔진이 멈췄다. 기름이 다 떨어졌던 것이었다. 시간을 보니 5시가 다 되었고 해는 점점 지기 시작했다. 낮에도 엄숙하고 황량한 이 곳인데, 어두워지기 시작하니 세상이 금세 칠흑 같은 어둠, 빛을 잃어버린 우주와 같이 변했다.

　우주 한 복판에 있는 나는 어찌 할 바를 몰랐다. 예비 기름통엔 1L도 채 남지 않았고 이곳에서 제발 차량이 지나가길 빌어야만 했다. 어느새 시간이 흘렀고 밤 8시가 다 되었다. 가지고 있는 것은 초코바 4개, 물 1통, 휴지, 기름 1L가 전부였다. 밤이 되니 이 적막한 우주는 '극(極)'이 되었고 낮엔 들리지도 않았던 산짐승들의 울음소리가 들리기 시작했다. 그리고 점점 더 그 울음소리가 가까워지기 시작했다.

　무서웠다. 어제는 사람이 무서웠는데, 오늘은 말로만 듣던 대자연 자체가 무서웠다. 뼛속까지 관통하는 히말라야의 바람과, 칠흑 같은 어둠 그리고 산짐승 소리. 불을 피워볼까 하다가 동물들은 불을 좋아한다는 것이 생각나 불을 피우지 않았고, 어떻게 하면 점점 가까이 다가오는 동물들을 몰아 낼 수 있을까 하던 찰나에 남은 1L의 휘발유를 넣었고, 이 고물 엔필드가 1L당 20km를 갈수 있으니, 시동만 켜 놓으면 두세 시간 정도는 버틸 수 있지 않을까 싶었다. 칠흑같이 어둡고, 적막한 우주 속에서 시동을 켰다. 그 소리는 참 매력적이었다. 그리고 따뜻했다. 추위 속에서 엔진에 손을 녹이고 또 엔진통에 몸을 수그리며 그날 밤을 견뎌냈다. 아침이 될 때까지 기다렸다. 뜬눈으로 밤을 지새웠다. 그리고 멀리 Indian-Oil 유조차량이 보이기 시작했다. 기뻐서 환호성을 질렀다. 난 살았으니깐.

'망망대해와도 같은 미지의 공간을 끝도 없이 달려 나갈 때면 그래서 존재의 흔적이라고는 찾아볼 수 없는 공간에서 우주와 대면하는 순간 내게 사람은 필연일 수밖에 없고, 군중 속의 나에게 타인은 우연에 불과하다. 길이란 모든 역사적 경험의 축적이기에 길 위에서의 시간은 사라지지 않는다.'

기름을 비싸게 구입하였고, 다시 출발 하였다. 몇 시간을 절벽으로 된 외길을 지나고 제법 평지 비슷한 널찍한 길을 만났다. 장관이었다.

수십 만 년 동안 무수한 영겁의 바람들에 의해 깎여진 붉은 절벽들 그리고 감히 인간들이 건축물을 세울 수 없는 이 지극히 황량하고도 공허한 이곳에서 나도 모르게 통곡하였다. 그 장엄하고 엄숙한 히말라야 아래에서 내가 가지고 고민했던 걱정들은 우주의 먼지보다도 못한 것이었다. 내 존재 자체가 이렇게 작게 느껴졌던 것은 처음이었다.

한낱 인간사 그중에서도 사람에 대한 배신과 미움 때문에 여기서 죽는 것 자체가 참 한심하다는 생각이 들었다. 그리고 지난 이틀

밤을 되돌아보았을 때, 나는 분명히 살고자 하였다. 이것은 '사실' 이었다. '자살'로 시작했던 내 여행이 '살자'로 변했던 것이다. 아니 처음부터 살려고 이곳에 온 것이 아닌가 라는 생각이 들었다. 그곳 에서 이름 모를 장엄한 산을 바라보며 몇 시간을 지냈다. 그리고 다 가갈 내 앞에 펼쳐질 '길'이 마치 망망대해와도 같음을 느꼈다. 그 길을 가기에 앞서 두려웠고 막막했다. 이번에는 '사막'이었다.

막막의 사막. 그 속에서 통곡하기 시작했다. 되돌아본 내 인생이 너무 한심해서, 돌아가기엔 너무 멀리 왔고 또 앞서 나가기엔 너무 막막해서. 그래서 난 밑만 보고 다시 길을 나섰다. 한치 앞만 봐라 봐야 내가 지금 살 수 있을까 싶었다.

떠나기 전 내 삶은 항상 인간들의 파도에 의해 휩싸였고 그곳에 서의 나는 온전한 내가 아니었다. 세상에 태어나 눈을 뜬 순간부터 난 내가 원치 않는 이름으로 불리어지기 시작했다. 그리고 성장해 학교에 다니면서 주변 사람들의 시선에 의해 원치 않는 레이스를 시작했고, 집을 떠나고 낯선 도시에선 '돈'이라는 매개체에 의해 여 러 이름으로 불리어졌고, 잣대 지어졌다. 그러나 아무도 나를 쳐다 보지도 않는 이 '막막의 사막'에서 나는 타인을 개의치 않아도 되 었다.

나는 완전한 자유였다. 또 타인으로부터 완전한 해방이었다. 이 막막의 사막에서 벗어날 때쯤, 저 멀리 군용트럭이 보일 때 나는 엎 어졌다. 무릎이 깨졌고, 피가 났고, 아팠다. 터져 나오는 울음을 목 구녕까지 삼켰다가, 대자로 뻗어 누워 소리 내어 울었다. 하늘을 쳐 다보았다. 저 멀리 설산을 가로지르는 위엄 있는 매를 노려보았다.

그러나 그 매는 힘껏 우는 나를 외면했다. 그렇다. 이곳에서는 한 인간의 삶의 의미 같은 것은 한낱 우주의 먼지보다도 미미했고 오히려 죽음이 더욱더 어울리는 곳이었다.

그리고 그때. 나를 제대로 인지하기 시작했다.

한국에서의 나는 부모님, 선생님, 직장상사들의 '눈'에 의해 자아가 아닌 타아의 존재였고, 이곳에서 처음으로 남들 '눈'을 신경 안 쓰는 내 가슴에서 막 태어난 '자아'가 생겨나기 시작했다. 막막의 사막을 건너는 동안 '아'와 '타'의 싸움이 시작했다. 아직 내 '아'는 이름도 없는 갓 태어난 힘없는 '아'였다. 그리고 나를 외면한 매를 쫓아 이 '막막의 사막'을 벗어나기 위해 내달리기 시작했다. 끊임없이 '아'와 '타'가 싸우는 채로….

해질녘 즈음에 다행히 텐트 숙소를 발견하였다. 그곳에서 하룻밤을 보낸 뒤 아침 일찍 일어나 '라다크'로 다시 묵묵히 달려 나갔다. 약 12시간이면 도착할 수 있겠다 싶었다.

그런데 이게 웬걸? 라다크로 가는 여정이 만만치 않았다.

구불지고 외길 낭떠러지 길이 연속으로 뱀 또아리 튼 것처럼 저 하늘까지 치솟아 닿는 느낌이 들었다. 고도가 높을수록 구형 엔필드의 엔진이 자주 꺼졌고, 나도 지쳤다. 갑작스레 고산병이 찾아왔다. 나도 숨을 헐떡거렸고, 오토바이도 산소가 희박한지라 엔진이 자주 멈췄는데 이 오토바이 시동 거는 것 자체가 장난이 아니었다. 버튼 눌러 시동이 켜지는 인젝션 방식이 아니라 발로 밟아 시동을 켜는 캬브레이터 방식이라. 이 고물 엔필드와 나는 상당히 지쳐있었다. 시동을 10번 꺼뜨리고 11번째가 되었을 때 다시 스물스물 '아'

가 밀려왔다.

이곳에서 나온 '아'는 유약한 아였다. 다 때려치우고 지나가는 트럭이나 얻어서 쉽게 가고자 하거나 얼마 안 되는 고철덩어리 버리고 쉽게 가거나 둘 중 하나였는데 자존심이라고 불리는 '아'가 유약함과 붙었다.

자존심의 승리였다. 타협하지 않았다. 간신히 시동을 걸어 다시 기어 올라갔다. 구간을 넘는 중 해발 3,000m가 넘는 고갯길(pass)도 두어 개 넘었고 중간에 다이너마이트 폭발 현장에서 1시간 남짓 기다린 후 다시 기어갔다. '라다크'를 향하여. 어떤 유명한 사람이 라다크를 인류의 마지막 도시라고 지칭했는데, 그 의미는 정확히 모르겠지만 빨리 이 낭떠러지를 벗어나고 싶었다. 마침내 밤 8시가 넘어서 인도 최북단 도시 라다크˙로 입성하는데 성공하였다. 기뻤다.

어느 순간부터 제대로 된 성취감을 맛보지 못한 상태라 그런지 값진 전리품이었다. 3박4일 간의 정신적, 체력적 사투 끝에 찾아온 휴식. 난 라다크에 매료되어 2주 동안 머물렀다.

내가 묵고 있는 게스트 하우스에는 이스라엘 여행자들, 터키인, 미국인, 프랑스인 등 다양한 나라에서 온 이방인들 천지였다. 또 이스라엘 사람들 다음으로 한국인 여행자들이 많았는데 난 이들을 피해서 다녔다. 지금 생각해보면 엄청 건방떨었던 행동들이 많았다.

한국인들은 항상 몰려다녔고 물건을 살 때나, 숙소를 구할 때 인

---

*라다크 : 인도 대륙의 동북부, 히말라야 산맥을 타고 있는 잠무카슈미르주의 주에 속해 있으며 라다키어로 고갯길의 땅이란 뜻으로 지리적 폐쇄성으로 인해 오랫동안 문명의 손길을 타지 않은 곳으로 주민들은 라다키로 티벳불교를 믿으며 티벳 방언을 쓴다. 자연스레 티벳문화와 풍속이 녹아있으며 양, 야크의 방목이 주산업이다. -네이버지식인참고

터넷에서 얻은 정보로 한 치의 양보도 없이 이들 현지인들의 먹잇감이 되진 않았다. 물론 바보 같았던 나는 먹잇감이 되어 버렸지만.

여행 전 '그녀' 때문에 한국 사람이 싫었고, 또 한국이 싫어서 떠났는데 저 멀리 세상의 끝이라 불리는 이곳에서 그들을 만났을 때 적잖게 당혹스러웠고 또 상당히 짜증났다. 하지만 더욱 더 외로웠다. 같은 게스트 하우스에 머무는 그들도 내가 한국인인 줄은 알고 있었는데 그들과 말 한마디 섞지 않고 외국 애들 하고나 어울리는 것 자체에 그들도 나를 달가워하지는 않았던 것 같았다. 어차피 난 이방인이었고 신분증 검사할 때 외에 나는 내가 한국인이라고 생각 자체를 안했다. 그저 떠도는 먼지 같은 인간이었을 뿐. 국가에 대한 소속감이나 애국심 따위는 전혀 갖고 있지 않았다. 그렇다고 또 아나키즘을 지향했던 것도 아니었다. 지금 생각해보면 나는 무척이나 외로웠던 걸 숨기려는 것에 대한 반증이 내가 태어난 조국과, 같은 민족을 심하게 거부했던 것일 수도 있다.

500km 내내 혼자 있다가, 수만리 떨어진 이곳에서 조선 사람 냄새도 맡고, 또 조선말도 들으니 정신적으로는 안정되었던 것 같았다. 오히려 조선말을 듣질 못하면 살짝 두려움도 생겼다. 가끔 들리는 우리말을 들을 때마다 무척이나 반가웠지만, 전혀 내색하지 않았다. 돌이켜 보면 참 피곤하게 생활했던 것 같다. 같은 게스트 하우스에 있었던 20대 남녀로 이루어진 한국 여행자들이 나한테 밥 한 끼 같이 먹자고 제안을 했는데도 듣는 척도 안했고 무시했다.

그 제안이 '너무 좋았는데도, 너무 싫었다.'

참 말 같지도 않은 개소리 같지만, 여행 중 내가 만난 한국인들에 대한 감정은 참으로 복잡했다. 일종의 계륵이었다. 가까이 없으면 불안했고, 가까이 하기엔 싫었고. 2,000년 전에 예수 그리스도가 라다크에 와서 잠깐 머물렀던 사원이라는 '헤미스 곰파'라는 고대 불교 사원을 방문했던 일이다.

그 곳에서 유난히 눈에 띄는 복장을 하고 계신 분들이 있었다. 그분들은 한국에서 오신 스님들이었다. 전라남도 순천에 있는 사찰에서 오신 분들인데, 그 옛날 부처가 돌아다녔던 발자취를 좇아 수행하시는 분들이었다.

그 분들 중 한분과 이야기를 잠깐 나눴고, 내가 먼저 그 스님한테 시간 되시면 다음날 따로 만나자고 했다. 이야기가 하고 싶었다. 그분이라면 답답한 내 심정을 잘 들어주시라 믿었다. 누군가에게 의지하고 싶었던 모양이다.

다음 날 오후 이분과 숙소 근처 카페에서 밤새도록 이야기를 나눴다. 난 이분한테 처음으로 내 이야기를 꺼냈다. 그냥 이름 모를 누군가한테 위로를 받고 싶었다. 지금도 강력하게 기억나는 그분의 모습 중 한 가지가 너무 온화했고 또 세상에서 가장 행복한 표정을 짓고 계셨다. 또 특이한 점은 속세를 떠나기 전 마지막으로 행하셨던 일이 인도를 1년 6개월 동안 돌아 다니셨다고 했다.

스님도 평범하게 대학 졸업 후 직장을 다녔고 또 여자를 만나 사랑도 나누셨던 분이셨다. 그러나 어느 특정한 일을 계기로 스님도 나랑 마찬가지로 죽으려고 결심을 하고 인도로 떠나셨는데…. 그 인도에서 1년 6개월의 시간이 그의 상처를 녹였고 마지막으로 다람살라에 있는 달라이라마 스님과의 만남을 계기로 모든 것을 내려

놓았고 출가를 결심하기로 마음먹으셨다고 한다. 내가 출가하신 거에 대해 후회 하지 않냐 묻자 스님은 지금이 세상에서 가장 행복하다고 하셨다. 너무 부러웠다.

스님은 나에게 가지고 붙잡고 있는 고민들을 다 내려놓으라고 하셨고 모든 것을 시간 속에 던지라고 하셨다. 시간은 그 모든 것들을 녹인다고 하셨다. 상처도, 아픔도, 미움도. 그 모든 것들을 절대 우주의 진리인 시간 속에 투영시키라고. 또 사랑 받는 것에 익숙해지기보다 사랑을 주는 것에 익숙하라고 말씀하셨다. 지금의 삶은 한낱 꿈과 같은 것이니 큰 욕심 부리지 말라는 것. 작은 생명조차 소중히 여기고, 살아있는 모든 것들을 존중해 주라는 것. 그 스님은 길거리에 있는 개, 고양이, 염소, 소 심지어 쥐까지. 살아있는 모든 것들이 지나갈 때마다 '다음 세상엔 인간으로 환생하소서….' 이렇게 기도하고 다니신다고 한다. 나에겐 참으로 어려운 이야기다.

'부처를 만나면 부처를 베라' 스님이 떠나시면서 나에게 남기셨던 말이다.

삶이란 무엇일까? 삶이 '사람의 앎'이라면 그 또한 무엇인가? 그렇다면 그 삶속의 중심인 사람은 무엇일까? 사람과 사람이 만나고 그 연결고리인 인연은 무엇일까? 그 전에 그 인연 속에서 생겨나는 사랑, 미움, 또 만남과 헤어짐 그리고 그 모든 것들의 반복들. 그 스님이 떠나고 나서 내내 생각했다. 무식해서 스님이 말씀하신 모든 말들을 이해 못했지만 한 가지 강력하게 뇌리에 박힌 건 하나 있다. '먼저 사랑하라' 누군가 그랬다. 먼저 사랑함은 힘이 있어야 하는 게 아니라 용기가 있어야 한다고. 도망치듯 한국에서 뛰쳐 나와 하나뿐인 목숨 개같이 연명하면서 이곳까지 오는데 한 달 걸렸다. 그녀 또한 개 같은 목숨 가지고 사람답게 살고 있는지? 아버지는 잘 지내고 계시는지? 세상 사람들은 날 기억해 줄려는지? 아무리 생각해봐도 답은 없었다. 이 여행 자체도 답이 없었고 나 자체도 답이 없었다. 그러니 답을 찾지 말자고 했다. 답이 없으면 문제를 계속 만들면 되니깐. 그럼으로써 잠깐의 목적이 생기니깐. 당시 나에게 필요 했던 건 구원이었다. 지금 지구상에서 나를 구원시키고 해방시켜줄 누군가를 찾아야만 했다.

그러자 그 스님께서 마지막으로 만났던 '달라이 라마'를 만나야겠다고 생각했다. 그 분을 만나면 나 또한 그 스님처럼 구원받을 거라 생각했다.

그래, 직접 찾아가서 물어보기로 했다. 그래서 지도에서 그 분이 살고 계시는 다람살라를 찾아봤다. 왔던 길 다시 되돌아가면 5일안에 만날 수 있었으나, 왔던 길 다시 되돌아가긴 싫었다. 미지의 세계로 가고 싶었다.

서쪽으로 눈을 돌려보니 '스리나가르'라는 지명이 보였다. 그곳으로 해서 지나가기로 했다. 알고 보니 그곳은 '인간이 지옥으로 만든 마지막 파라다이스'라는 별명이 있는 곳이었다.

게스트 하우스 주인장에게 물어보니 절대 가지 말라고 한다. 주변 여행자들도 만류했다. 진짜 죽을 수도 있다고 했다. 그런 말을 들으니 머릿속에서 내 머리가 잘려나가는 이미지가 순간적으로 스쳐지나갔다. 그러나 나를 시험해 볼까 했다.

그리고

내 앞을 가로 막는

'두려움'이라고 불리는 부처를 베기로 했다.

구
원

노루가 사냥꾼의 손에서 벗어나는 것 같이
새가 그물치려는 자의 손에서 벗어나는 것 같이
스스로 구원하라.

잠언 6:5

스리나가르의 별명은 '인간이 지옥으로 만든 파라다이스'라고 한
다. 어떤 지옥인지 궁금하기도 했지만 먼저 두려움부터 앞섰다. 라
다크에서 스리나가르까지 오토바이로 이틀이면 충분한 거리였다.

출발하기에 앞서 살짝 알아본 바로는 '무슬림 세계'에 들어설 수
있다고 한다.

한국에서는 실질적으로 무슬림들을 피부에 접하긴 힘들었다. 내
가 아는 무슬림들이란 '알라'와 '지하드'라는 명목 아래에 서방세계
에 각종 테러를 일삼고, 사람들을 납치해서 목을 잘라 죽이는 등 세
상에 있는 폭력이란 다 존재하는 '집합소'같은 개념이었다. 이들을
만나기에 앞서 이미 두려움이란 먹구름이 가슴속에 잠식했고, 내 머

리가 잘려나가는 이미지들로 가득 차 있었다. 그러나 이미 핸들을
서쪽으로 돌렸고 스로틀을 당겼다. 가는 길은 지난번 때와 달리 완
만했고 큰 어려움은 없었다. 그러나 역시 혼자 가는 것 자체에 상당
한 스트레스를 받아 있었다.

스리나가르'로 가던 도중 반대로 돌아오는 몇몇 오토바이 여행자
들을 만났고 그들에게 스리나가르에 대한 사정을 들으니 생각보다
안전한 것 같아 안심이 되었다. 몇몇 시골 마을들을 지나칠 때면 마
을 아이들이 하이파이브 자세를 취하며 나의 손을 기다렸고, 또 열
렬히 환영해줬던 사람들도 많았다.

스리나가르 가는길

이윽고 해질녘 무렵에 카길(Kargil)이란 도시에 머물렀고 이날 처
음으로 무슬림 세계를 접하였다. 카길은 1990년대 말 파키스탄과
의 전쟁무대였던 곳 중 하나로 삭막하였고 도시의 색은 회색빛 이
미지였다. 카길 사람들이 나를 쳐다보는 시선 자체가 못마땅하다는
듯 하였고 대하는 태도도 공격적이었다.

몇 몇 마을 아이들은 나에게 낄낄거리며 총을 쏘는 제스처를 취
하였고 또 심지어 돌을 던지는 녀석들도 있었다. 난 그들의 돌팔매
질에 무방비했고, 그들의 욕지거리에도 무기력했다. 난 그들에게
그저 놀러온 관광객이었고, 그들의 삶을 그저 바라만 보는 방관자

---

*스리나가르: 북서부 카슈미르 계곡의 중심도시이며 도처에 운하와 수로가 있다. 옛 무굴제국의 수도로
유명하며 해발 1600m에 위치해 있다. 또한 인도 파키스탄의 갈등인 카슈미르 분쟁으로 유명한 지역 중 한
곳이다.

였을 뿐이다. 회색빛 탄광 도시에 사는 그들에게 긴 장발과 눈알이 안 보이는 검정색 레이벤 선글라스 자체가 동경과 동시에 경멸의 대상이었을 뿐이다.

숙소에 들어와 돌에 맞은 이마를 확인해보니 다행히 큰 상처는 아니었다. 싱숭생숭한 마음으로 겨우 잠자리에 들었지만 멀리서 들려오는 무슬림들의 기도 소리 때문에 신숭했던 마음은 불안함으로 더욱 커져만 갔다. 뜬눈으로 밤을 지새웠다. 다음 날 아침 도망치듯이 이 회색빛 도시를 빠져나와 오후 4시쯤에 목적지인 스리나가르에 도착할 수 있었다.

이곳 스리나가르는 도시 자체가 참으로 아름다운 곳이다. 곳곳마다 큰 호수가 있었고 그 호수 위에 큰 보트로 만들어진 수상호텔들이 즐비하였다. 웃긴 건 수요자는 극소수였고 공급자는 넘쳐흘렀다. 얼마 전 영국인 여행객이 이곳에서 납치 살해되었고 또 무슬림들과 힌두인들의 격렬한 테러로 인해 관광객들의 발걸음이 끊겨있었다. 도시 곳곳마다 중무장한 군인들이 눈을 부라리며 삼엄한 경계를 서고 있었다. 그러나 이곳 역시 인도의 옛 관광명소였다.

삶 자체는 열악했지만, 카길과 달리 상인들의 활기가 넘쳐났고, 시끄러웠다. 그리고 인도대륙의 고질병인 지린내가 진동한 곳이었다. 그래서 혼자 다녀도 항상 짜증이 났기 때문에 히말라야에서 느꼈던 지독한 공허함을 전혀 느낄 수 없었다.

저녁 식사를 마치고 달레이크 거리에서 담배를 피우고 있을 때 어디선가 익숙한 소리가 멀리서 가까이로 들려왔다. 엔필드 세 대가 두둥 거리며 이쪽으로 오고 있었다. 딱 봐도 그들은 여행자였다.

반가운 마음에 손을 흔들어 세우고 이야기를 나눴다. 한 명은 프랑스인이었고 두 명은 인도인이었다. 이야기를 시작한지 채 10분도 지나지 않아 나는 이들 대열에 합류하기로 했다. 인도에서 있었던 첫 번째 여행 파트너였다. 그리고 그들이 날 지켜줄 거라 믿었다. 인도인들이 두 명이나 있었기에 어딜 가도 두려울 것이 없을 거란 생각이 들었다.

파스칼, 아누, 아슈딥 이 세 명의 여행자와 함께 교외에 있는 근사하고 저렴한 선상 호텔에 이틀 정도 머물렀다. 잠도 푹 잤고, 잠에서 깨어나 허기가 지면 배불리 인도식 만찬을 즐겼고, 배가 꺼지면 창문 밖에 있는 호숫가에 뛰어들어 수영을 즐겼다. 또 밤에는 술을 즐겼다. 인도 여행 중 가장 '안락함'과 '안전함'을 느꼈던 한때였다. 또 이들의 목적지는 다람살라라서 기쁨은 배가 되었다. '적어도 두려움에 사로 잡혀 다람살라까지 가진 않겠구나' 싶었다.

달라이라마를 만나면 과연 구원을 받을 수 있는지? 또 구원을 받고나서 그 이후의 방향이 어떠할지? 하지만 지금 이 순간만큼은 내가 미리 걱정을 할 것은 아니었다. 주사위는 이미 던져졌으며, 내가 막막의 사막에서 느꼈던 것처럼 멀리 설산만 바라보며 갈 것이 아니라 바로 발밑만 봐라봐야 할 시기였다.

스리나가르에서 행복한 시간을 보내고 우리는 달라이라마가 있는 다람살라를 향해 떠났다.

스리나가르에서 다람살라까지는 꼬박 이틀의 시간이 걸렸고 분쟁지역으로 유명한 카슈미르 지역을 넘고, 또 펀자브지방을 지나 최북단 기차 종점역인 파탄코트를 지났다. 4명 중 선두는 지금까지 리

더로써 역할을 했던 프랑스인 파스칼이 맡았고 후미는 황소 같은체 구의 소유자인 아슈딥이 맡았다.

파스칼은 프랑스 파리 출신이며 화가이다. 그는 어릴 적부터 유럽 외 바깥 세상에 항상 관심이 많았으며 미술학교를 졸업 후 집을 떠나 인프라가 잘 갖추어져 있는 깨끗한 나라보다는 세상 사람들에게 위험한 곳이라고 인식된 몇 몇 나라들을 5년에 걸쳐 떠돌다가 인도에 반해 인도 전 지역을 돌아다니며 스케치를 하다 현재 마날리 주변 나가르라는 마을에서 정착해 살고 있었다. 그의 그림을 보면 그만의 특이한 시선으로 인도아대륙을 담아냈다.

난 혼자 다니고 미지의 세계에서 많은 사람을 만났던 그의 용기에 감탄해 어떻게 그렇게 하였고, 또 어떻게 언어가 다른 사람들과 소통했는지에 대해 물었다. 그가 말하길

"세상은 넓고 사람도 많다. 그 사람들 중에서 좋은 사람들도 있으며 분명 나쁜 사람들도 있다. 그러나 네가 미지의 세계를 오토바이를 타고 인간의 파도 속에 뛰어들 때, 너를 열렬히 환영해주는 사람들도 있으며 또 못마땅해 하는 사람들도 있을 것이다. 비록 우리의 언어는 다르지만 태초에 하나님이 인간을 만들었을 때 우리에게 공통적이고 가장 원초적인 삶의 공통어를 주셨다. 그것은 배고프면 먹고, 졸리면 자고, 마려우면 배설하라는 이것이다. 그리고 내가 최소한 사람들한테 잡혀 먹히지 않을 거라는 신념 아래에 용기있게 미지의 세계에 사는 사람들에게 '먼저' 다가가면, 그들도 너를 안아줄 것이다."라고 말했다. 그리고 그는 또 인도에서의 '길 위의 법칙'에 대해 말해주었다.

"인도에서는 운전을 할 때 사자가 되어야 한다. 주눅 들지 말고 포효하고, 싸워야 TATA 트럭들한테 깔려죽지 않는다."

테라스에서 밤하늘에 무수히 뜬 별들을 바라보며 생각에 잠겼다. 그리고 그의 말을 되새김질하며 이 깨끗한 밤바다에 뿌연 담배연기를 길게 내뿜었다.

다음 날 스콜이라 불리는 갑작스런 소나기를 온몸으로 부딪혀가며 힘겹게 달라이라마가 있는 티벳 망명 정부의 도시 '다람살라'에 도착했다.

다람살라*

현 불교의 정신적 지주가 있는 곳이라 그런지 곳곳에는 라마승들이 있었고 또 해발 2,000m 위에 있는 산중턱에 있는 도시라 연중 안개가 껴 있기로 유명한 곳이었다. 재수 없게도 내가 있던 2주 동안 내내 비가 내렸다.

도착 후 이틀 정도 일행들과 같이 있었고, 그 후 동행했던 세 명은 각자 자신들의 삶의 터전으로 되돌아갔다. 또 다시 맞이한 이별이었다. 그러나 이번에는 내가 떠나는 입장이 아니라 처음으로 보내주는 입장이었다. 내가 직접 경험해보니 보내주는 입장이 더 힘든 것 같다. 이렇게 나는 점점 이별에 익숙해져가고 있었다. 그렇게 그들을 떠나보낸 뒤, 달라이 라마의 흔적을 쫓았다.

---

*다람살라: 히말라야 산자락에 있는 해발 1700m의 고산지대에 있는 위치하고 있는 도시이다. 1920년대 산사태로 인해 도시자체가 붕괴되었으며 버려진 도시였다. 그러나 1959년에 달라이라마와 티벳인들이 중국 홍위병의 군홧발을 피해 포탈라궁을 떠나 인도 정부의 도움을 받아 망명정부를 세웠으며 티벳 라마교의 법왕 달라이라마가 거주하고 있는 남갈 곰파를 중심으로 티벳 평화 독립운동을 펼치고 있다.

메인 광장에 남갈 사원이 있었고 일주일 후 때마침 달라이라마의 설법회가 열린다고 하였다. 내 그를 꼭 만나 구원 받으리 다짐하고 또 다짐했다. 구원의 시기가 일주일 남았고, 그 동안 이 청명하고 심심한 곳에서 할 일 없이 시간을 때워야만 했다.

　배가 고파 중앙시장으로 나가볼 겸 망명해온 티벳인들이 어떻게 사는지, 그리고 그들에게 '행복'의 조건이 무엇인지 궁금해서 그들의 삶을 살짝 살펴보기로 했다. 노인들이나 아이들은 TV에서 봤던 모습 그대로의 이미지였지만 살짝 놀랬거나 안타깝다고 감히 말할 수 있는 건 현 티벳의 열쇠이자 보물인 '젊은이들'이었다. 몇몇 이들은 찾아오는 외국인들과 하룻밤 사랑을 통해 자신의 인생역전을 꿈꾸고 있는 청년들이 꽤 많았다. 실제로 소위 외국인 관광객들과 사랑을 통하고 또 사귀게 되면서 이들을 통해 현실탈출에 성공한 이들도 꽤 있다고 한다. 내가 감히 이들을 비난할 처지는 아니었지만 티벳의 미래가 심히 걱정되었다. 이러한 청년들도 있는 반면에 티벳 독립운동을 위해 온몸으로 투신하는 청년들도 많다는 걸 잊어서는 안 된다.

　3일 내내 이어진 폭우로 인해 숙소 밖을 나서지 않았을 때 추석을 맞이하였다. 떠나기 전 명절은 나에게 그다지 달갑지 않은 손님이었다. 우리 가족은 아버지 외 나머지 동생들은 고모밖에 없어서 중학교 이후부터 명절은 아버지와 단둘이 보냈거나 새엄마와 함께 불편한 명절을 보냈다. 항상 꺼다놓은 보릿자루처럼 구석에 처박혀 지냈기 때문에 전혀 즐겁지 않았다. 하지만 지금 이곳에서 나를 붙잡고 잔소리할 사람도, 걱정할 사람도 없었다. 들리는 건 오직 창밖에 들려오는 구슬픈 빗소리와 옆방에 있는 이스라엘 히피들이 대마를 피면서 부르고 있는 반복적인 메크로인 Eagles의 Hotel California뿐…. 몹시 외로웠다.

그리고 그때 잠시 한국이 그리웠다. 추석이 끝나고 다음날 아침 일찍 숙소에서 나와 드디어 달라이라마를 뵈러 갈수가 있었다. 그러나 달라이라마의 신변에 급작스런 이상이 생겨 설법회가 취소되었다고 하였다. 그러나 그의 회견실과 응접실은 볼 수 있었다.

아주 큰 허탈감과 실망감으로 깊게 한숨을 쉬고 있던 도중, 우연히 벽면에 걸린 달라이 라마의 큰 초상화를 보았고 그 밑에 그가 방문객들을 위한, 아니 나에게만 따로 말하는 것과 같은 메시지를 보았다.

"용서는 값싼 것이 아니다. 그리고 화해도 쉬운 것이 아니다. 하지만 용서할 때 우리는 누군가에게 문을 열 수가 있다. 그 문을 열기 위해서는 무조건 용서해야 한다. 가장 큰 수행은 용서다."

- 달라이 라마 -

가슴에 새겼다. 남갈 사원을 벗어나자마자 눈물을 흘렸다. 비록 그를 만나지 못했지만 지금 현재 나를 구원해 줄 수 있을지도 모르는 그가 나에게 보낸 '편지'를 받았다. '용서' 나를 괴롭혔던 모든 것들, 그리고 내가 미워했던 모든 것들. 엄마, 아빠를 비롯해 나에게 상처 줬던 인간들. 그리고 나를 버렸던 그녀까지. 이제 나를 둘러싼 어설픈 껍데기인 '타아'를 벗어던지고, 유약한 '자아'의 옷을 꺼내

입을 차례다. 좋아하는 티벳 속담 중에 이런 말이 있다.

"우연이란 없다. 모든 세상만사의 일은 태초에 예정 지어졌다."
어찌 보면 운명론적이고 체념적인 사고방식인데, 그만큼 한 인간
이 세상에 태어나고 자라 죽을 때까지 겪은 모든 상황에서 받은 감
정들은 모두 영겁의 시간 속에서 녹일 수 있다는 것을 말한다. 시간
은 아픔, 상처, 미움 등 모든 것들을 녹일 수 있는 힘을 가지고 있다
고 한다. 그래서 이들이 중국에 대항하여 벌이는 독립운동도 폭력
이 아니라 비폭력 저항운동과 연관 될 수 있다는 걸 살짝 알 수 있
는 듯 했다.

이제 여행의 목적이었던 '죽음' 그리고 '구원'은 더 이상 나에게
어떤 의미를 부여할 수 없게 되었다. 한결 가벼워진 느낌이었다. 그
럼 이제 어디로 가야 할 것인가?

인도 지도를 보니 서남쪽 파키스탄과 맞다은 지역에 사막이 보였
고, 그보다 훨씬 더 아래엔 '고아'라는 지명이 보였다. 고아는 히피
들의 천국이라고 불렸다. 그리고 아라비안 해를 끼고 있는 곳이라
쉬기에는 더할 나위 없다고 한다. 대충 거리를 가늠 잡아 보니 약
5000(?)km 떨어진 곳이었다. 대략 한 달이면 충분히 갈 수 있을
것이다. 이제 이 산간 지방을 벗어나면 '인간 지옥'을 제대로 맛 볼
수 있다고 한다. 타 들어 갈 것 같은 더위와 갈증, 땅속으로 처박힐
것 같은 중력이 인도 내륙지방에선 강력하게 느낄 수 있다고 하는
데, 궁금했다.

뒤를 돌아보니 한 달 전의 내 모습보다 훨씬 더 건강해졌다는 것
을 느꼈다. 이제 시작이다. 처음으로 정한 목적지는 암리차르를 지

나 사막으로 가는 것이었다.

막막함의 사막이 아닌 진짜 사막을.

사
막
별

그는 너무 외로워
때론 뒷걸음질을 치고 있었다.
자기 앞에 놓인 발자국을 보려고

-오르텅스 블루

　이곳 다람살라에서 하루면 충분히 '황금사원'이 있는 암리차르에
갈 수 있다고 한다. 암리차르로 가는 목적은 단지 말 그대로의 황
금으로 뒤덮인 사원을 한번 보고 싶어서였다. 관광까지도 생각하니
제법 여유가 생겼던 것 같다.

　이제 본격적으로 전생에 죄지은 사람들이 다시 환생한 고통의 바
다 속 인간들이 느글거리는 내륙지방으로 내달리기 시작했다.

　반나절 끝에 암리차르에 도착하였다. 제법 큰 도시였으며, 파키
스탄과의 국경도시로 유명하나 또 이곳의 마스코트인 시크교의 성
지인 '황금사원'이 있는 곳이다. 국경도시답게 숙박업소에서 체크
인을 하는데 이것저것 개인 신상에 대해 물어보고 또 기입하느라 시

간이 오래 걸렸다. 저녁 식사를 마치고 황금사원을 둘러보았다. 황금사원을 쭉 둘러보고 나오는데 아까 오토바이를 주차했던 곳에 가보니 바이크가 사라져 있었다. 너무 당황해서 이리저리 뛰어 돌아다녀봤는데, 로컬 경찰들이 내 바이크를 타고 지나가는 것을 우연히 보았고 또 뛰어가 붙잡았다.

왜 남의 것을 타고 돌아다니느냐에 묻자, 그곳에 주차를 하면 위험했기 때문에 자신들이 안전한 곳에 이동시키려고 했다고 한다. 뭔 말도 안 되는 개소리를 지껄이는 바람에 순간 욱 했지만 꾹 참았다. 이미 주변에 사람들이 많이 모여 있었다. 고맙다고 했고 또 손으로 비는 시늉을 몇 번을 하고 달라고 하여 간신히 건네받았다. 이미 해는 져 있었고 헐레벌떡 그곳을 빠져나갔는데 아뿔싸 숙소로 가는 길을 잊어 버렸다.

인도는 제법 규모가 큰 도시라도 가로등이 우리나라처럼 발달이 잘 안되었기 때문에 잘 안보였고 또 방향감각까지 상실해 버려서 10분이면 오는 거리를 1시간 동안 찾아 헤매다 택시기사의 도움으로 겨우겨우 들어왔다. 그날 밤 이후로 밤에는 절대 바이크를 타지 않았다.

다음날 아침 일찍 일어나 목적지인 '자이살메르'로 서둘러 길을 나섰다. 자이살메르까지는 이틀이 꼬박 걸렸다.

사실 여기서 동행이 있었다는 이야기를 하고자 한다. 다람살라에서 만나 같이 출발한 사람으로 호주 출신 이름은 제임스(James), 나이는 50대 초반이었던 걸로 기억한다. 인도에서 여러 번 엔필드로 여행한 경험이 있으며, 자가 수리가 가능한 베테랑으로 라다크에 있는 엔필드 수리점에서 잠깐 인사했으며 다람살라에서 우연히 다시 만나 이야기를 하던 중 목적지가 같아서 같이 움직이기로 했던 사람이다.

사실 이 이야기를 하고 싶지는 않았다. 이 이야기로 이 글을 읽는 당신들에게 지탄을 받을 수도 있으나 이 또한 나의 인도여행 여정에 있어서 사실이고 또한 부끄러운 펙트(fact)이기 때문에 용기 내어 말하고자 한다.

제임스와 함께 동행한지 이틀째 되던 날. 복잡한 암리차르를 무사히 빠져 나갔고 목적지인 Ganganagar라는 여행서에도 안 나오는 로컬 도시로 가는 도중 계속해서 그와 마찰이 생겼다.

만약 한국에서라면 자연스럽게 연장자의 말을 따랐고 아니 따르려고 했을 텐데, 그 당시에는 제임스에게 무시 받기 싫었고 또 나는 그의 파트너이지 부하가 아니라는 생각으로 제임스의 간섭에 사사건건 내쳤다.

암리차르에서 숙소를 결정하고 자는 데에서도 트러블, 식사 때도 트러블, 어디서 잠깐 쉴 곳을 정할 때에도 트러블, 말귀 잘 못 알아듣는다고 해서 또 옥신각신. (지금 생각하면 경험자의 의견을 따르는 게 예의였고 그거 따라한다고 해서 내가 손해 보는 것도 없었는데….)

이윽고 반나절이 채 지나지 않아서 큰 문제가 생겼다. 그의 바이크에 문제가 생겼던 것이다. 엔진오일이 계속 새어나가 확인을 해보니 밑 부분 부품중 하나가 날아가 버렸다. 그곳에서 1시간 떨어진 곳까지 가야만 그 부품을 구할 수 있다고 한 것이었다.

태양 빛이 심하게 내려 쬐는 타들어 갈 것 같은 오후. 한 시간 동안

바이크를 붙잡고 응급 처치를 시도했지만 소용이 없었고 그 과정에서 그는 인내심을 잃고 나한테 화풀이를 했다. 오토바이에 대해 하나도 모르는 쓸모없는 녀석이라고. 어떻게 지금까지 살아남았는지 신기하다고….

그의 무시에 화가 난 나도 한국말로 욕설을 퍼부었고 목청 높여 소리 지르기 시작했다. 한적한 시골 마을에서 난데없이 나타난 외국인들의 싸움에 신이 난 구경꾼들은 어느새 우리 주위에 몰리기 시작했다. 흥분한 나머지 제임스는 내 멱살을 붙잡았고 난 그를 내동댕이쳤다.

그리고 나는 그를 버리고 떠났다.

지금 생각해보면 참 부끄럽고, 혈기를 못 이겨 그를 그렇게 내버려두고 떠났던 인간으로서 용서할 수 없는 말도 안 되는 행동이었는데, 또 나는 버림받았을 때의 그 '좆같음'을 알기에, 더더욱 그랬으면 안 되었는데.

그 이후로 나도 그의 소식이나 행방에 대해 들은 바가 전혀 없었다. 둘 다 목적지가 같았고 또 마지막 인도를 떠나기 전에 고아에서 약 3주간이나 머물렀는데 그를 마주치지 못했다.(북쪽에서 보았던 몇몇 라이더는 고아에서 다시 마주쳤다)

중간에 다른 곳으로 갔으면 다행인데 혹시 그곳에서 어떻게 된 건 아닌지 하는 생각에 가끔 죄책감이 내 목을 조였다.

한낱 치기로 도움이 필요했던 호주 노인네를 버렸다는 것에 대한 벌이었을까? 그 행동에 대한 대가는 구자라트에서 치렀다고 생각된다. 내가 그에 대해 아는 정보는 대략 두어 가지다.

1.이름(James)

2. 호주에서 왔으며 그곳에서 미용실을 운용했다는 것.

그가 만일 살아있으면(아니 꼭 살아있어야 한다) 그 행동에 대한 사죄를 죽기 전에 꼭 하고 싶다.

그 이후로 그와 그렇게 헤어지고 나서 4시간 만에 첫날 목적지인 Ganganar라는 곳에 묵었다. 조그만 동네라서 숙소가 세 군데 밖에 없었는데 제임스의 문제로 찝찝해 아침 일찍 일어나 출발하기 전에 세 군데 모두 들려 조심스레 그 호주인 여행자가 왔냐고 물어봤지만 그런 사람 온 적 없다고 했다.

한 두어 시간 잠을 더 자고 나서 출발하려고 밖에 나갔더니 온 동네가 물에 잠겨 있었다. 사람 종아리 정도 차는 높이였다. 인도에서는 배수 시스템이 발달 되지 않아서 이렇게 잠깐이라도 소나기가 쏟아지면 금방 성인 남성 무릎 정도까지 물이 차올랐다. 그 물 위에 떠다니는 동물의 배설물과 각종 쓰레기 등으로 인해 오염에 그대로 노출됐다. 그래서 그런지 무릎 아래로 피부병에 걸려 잠깐 고생한 적이 있었다. 그래도 자이살메르로 가기 위해선 분주하게 움직여야만 했기 때문에 더러운 물을 가로지르며 Ganganagar를 탈출했다.

온몸이 오물로 뒤덮여 몸에선 지린내가 진동하였고 또 다시 내려쬐는 강렬한 태양 빛으로 정신마저 타들어 갈 듯했다. 또 이곳은 관광도시도 아니고 메인 고속도로가 관통하는 곳도 아니었기 때문에 표지판에 영어로 표기가 안 되어 있는 곳이 많아 정신을 바짝 차려야만 했다.

중간 중간 내가 마을에서 십분 쉴 때마다 사람들은 항상 내 근처로 모였다. 최소 다섯 이상 많게는 수십 명까지. 그들은 호기심 어린 눈빛으로 웃으며 나를 쳐다보았고 난 그들의 그런 태도에 상당히 기분 나쁜 제스처를 표현했다. 그들은 날 동물원에 있는 원숭이 보듯이 바라보았고 또 내 머리칼을 만지며 키득키득 거렸다.

난 항상 이동할 때 검정색 레이벤 선글라스를 끼고 다녔는데 내 불안하고 두려운 눈빛을 그들에게 보여주지 않기 위해 완전한 검정색으로 코팅을 했다. 겁 많고 두려운 나의 '아'를 보여주기 싫어 선글라스라는 매개체를 이용해 내 '아'를 방어했다.

길 위에 있는 인도에서의 인도인들과의 융합은 완전한 실패로 끝났다. 난 그들보다 위에 있다는 오만방자한 착각으로 그들에게 내 눈빛을 보여주지 않았지만, 실은 두려웠다. 누가 누구 위에 있다는 생각 자체가 잘못되었다. 그들은 순수했지만 난 순수하지 않았다.

그들은 단지 내가 반가웠고 신기해 다가왔고, 목마른 나에게 물까지 건네주며 그들의 호의를 표했지만, 그 당시 두려웠고 의심 많은 나는 심지어 그 물속에 뭐가 들어있을까 의심하며 타는 목마름이었지만 물마저 거부했다.

나는 겉은 번지르르 했지만 속은 더러웠다. 그들을 단지 '더러운 인간'들로만 취급했다. 사람의 바다에 빠져 있었지만 물 위에 뜬 기름처럼 홀로 서 있었다. 외로웠지만 그들에게 외롭다고 표현을 못했다. 달라이 라마한테 '용서'라는 구원의 가르침을 받았다고 생각했지만, 나 스스로 용서하지 못했다. 심지어 다가오는 인간들이 나한테 어떤 해코지를 할지 몰라 칼을 구입해 품속에 숨기고 다녔다. 관광도시가 아닌 로컬에서 잘 때는 반드시 칼을 품고 잤다. 상상속의 두려움이 나를 목조였고 더욱더 나를 외롭게 했다.

이러한 상태는 인도를 떠날 때까지, 아니 유라시아를 가로지를 때 더 심했던 것 같다. 방어의 태도가 심할수록 더욱 외로웠다. 지금 생각해보면 참 바보 같았다.

자이살메르를 가는 길은 어렵지 않았고 시원하게 뚫려있었지만 오토바이 상태가 심상치 않았다. 뭔가 일이 잘못 될 거라는 느낌을 강하게 받았다. 오토바이가 쿨럭 거릴 때마다 주행중에 한손으로 엔진통을 어루만지면서 삐친 애인 달래듯이 달랬다.

"제발. 자이살메르까지만 버텨달라고. 네가 이곳에서 멈춘다면 난 정말로 끝장이다. 또 버림받기 싫다. 이 사람지옥에서 제발 나를 버리지 말아 달라. 살려 달라."

내 기도에 응한 듯 엔필드는 마지막 기력을 다했고 그날 밤 나는 가까스로 자이살메르에 도착했다. 서쪽에서 다가오는 바람 속에서 흙냄새를 맡았다. 드디어 말로만 듣던 '사막'에 온 것이다.

다음 날 아침 바이크 상태확인을 위해 시동을 걸려고 발로 페달을 밟았는데 페달이 쉽게 꺾였다. 시동자체가 걸리지 않았다. 이 얼마나 참으로 다행이고 또 얼마나 감사한지. 나를 무사히 도시에 데려다 준 엔필드를 끌어안았고 고맙다고 속삭였다. 근처 수리점에서 상태확인을 해보니 클러치 디스크와 클러치, 대기어, 소기어 등 중요부품이 다 마모되었다고 한다.

고맙다 엔필드. 만일 자이살메르에 도착하기 전에 한번이라도 시동을 껐으면 나는 인적 없는 길 위에서 또 한 번 밤을 지새워야 할 수도 있었고, 그 곳에서 누군가를 만나 어떤 일을 당할지는 아무도 모르는 일이었다.

미케닉이 그러길 클런치에 관련된 부품은 현재 이곳에서 구입할 수 없고 6시간 정도 떨어진 거리에 조드뿌르라는 도시가 있는데 그 곳에서 부품을 주문해야 한다고 했다. 예상보다 수리비가 비쌌고, 한 4일 정도 걸릴 것 같다고 해서 예정보다 조금 긴 시간을 여기에서 지내야만 했다.

자이살메르는 쿠리, 샘 사막이 있어 인도 내에선 사막 사파리로 꽤 유명한 관광지였다. 이 곳도 한국인들에게 유명해 한국 사람들이

많이 찾아왔다. 도착한 날은 무척이나 무서웠고 외로워서 내가 정한 규율을 깼다.

그날따라 유독 한국말을 듣고 싶어서 한국인이 운영한다는 게스트 하우스로 간 것이었다. 그 게스트 하우스에서 일하는 직원들은 어느 정도 한국말을 잘 사용했으며 특히 김치볶음밥과 라면 하나는 끝내주게 잘 만들었다. 마치 고향에 온 느낌이었다. 맵고 짠 음식과 주변에서 들려오는 한국말. 달콤하였지만 그런 내색은 전혀 비추진 않았다. 그리고 이 숙소에서 얼마 떨어지지 않는 곳에 자이살메르성이 있어서 시간이 나면 그 성 위에 있는 성벽 위에 앉아 석양이 저무는 걸 바라보았다.

이 지역 사람들은 그 성에서 대대손손 살아왔고 그 후에도 살아갈 것으로 보였다. 메인 시장은 관광객들과 호객꾼들로 넘쳐났고 시끄러웠다. 너무 혼자 있기 심심하고 무료해질 때쯤 시장엘 나갔고, 또 금새 사람들에게 질리면 성벽 위로 기어 올라가 사색을 즐겼다.

시간이 지나면서 점점 이곳에 익숙해진 나를 보게 되었다. 고요한 외로움과 번잡함 중간에서 그 아슬아슬한 줄타기를 하는 나를….

오토바이를 고치자마자 사막엘 갔다. 이곳 자이살메르에선 약 40분 정도 걸리는 곳이었는데 내가 머릿속으로 상상한 사막과는 달라 다소 실망감이 컸다. 항상 TV속에선 사하라나 고비사막과 같은 웅장한 사막들만 봐서 그런지 몰라도 조금은 규모가 작은 아담한 사막이었다. 세상 편하게 낙타 위에 앉아 낙타몰이꾼에 의해 정해진 코스로 가는 건 싫었다. 그건 관광 같아서….

그래서 엔필드로 길이 끊기는 지점까지 대책 없이 달려 나갔다. 달려 나가다 보니 어느샌가 드문드문 보였던 유목민족의 흔적 또한 사라졌고, 길이 아닌 모래사막 위를 가로 지르고 있었다. 그리고 길을 잃었다.

왔던 길을 되돌아가던 찰나 바퀴가 모래 수렁에 빠져 꿈쩍도 하지 않았다. 작열하는 태양이 나와 엔필드를 순식간에 불태웠지만 그건 개의치 않았다.

완벽히 혼자여서 좋았다. 나에겐 물도 1L 있었고 담배도 충분했다. 바퀴를 모래 수렁 속에서 빼다가 지쳐 잠에 들었다. 자다가 스멀스멀 다가오는 냉기에 기침을 하며 잠에서 깨어나 보니 어느새 칠흑 같은 밤이 되었다. 그러나 무섭기 보다는 밤하늘에 빼곡히 가득한 별을 바라보니 엄숙한 느낌이 들었다.

허기가 져 가지고온 초코바 두 개를 집어 먹고, 담배를 태운 뒤 목청 늘여 노래를 불렀다.

들국화의 [사랑한 후에]

긴 하루 지나고 언덕 저편에 빨간 석양이 물들어 가면
놀던 아이들은 아무 걱정 없이 집으로 하나 둘씩 돌아가는데.
나는 왜 여기 서 있나
저 석양은 나를 깨우고

사막 밤하늘 아래엔 아무도 없었고, 내 머리칼을 만지는 바람과 나만 존재했다.

나는 자유였다.

밤 날씨가 제법 추워져 잠을 깊게 들지는 못했고 마음속 깊숙한 어디선가 예고 없이 찾아온 막막함과 공허함이 두려움으로 변해갔고 이내 곧 무서워졌다. 쏟아져 내릴 것 같은 별이 '갑자기' 무서워졌다. 그날 밤 사막 하늘에 뜬 수많은 별을 보면서 의절 후 처음으로 아버지에 대해 생각해 봤다.

인간이란 게 참으로 간사한 게, 내 상태가 편안하고 나름 행복하다고 생각될 땐 내 '존재의 근원'에 대해선 생각이 안 났다. 그러나 내 '존재' 자체가 불안하고 또 위협받을 때 비로소 '존재의 근원'에 대해 다시 생각하게 되었다. 나를 참 아프게 했고, 상처 주었던 사람인데.

생과 사의 경계에서 또 그 경계의 아슬아슬한 방향으로 '생'이 '사'로 넘어가는 그 경계의 선을 지날 때마다 아버지에 대한 생각이 절실했다.

그분이 나에게 주었던 상처들이 생각난 게 아니라 오히려 그분과 함께 어릴 적 내 존재가 눈을 뜨고 망각의 숲을 벗어나 처음으로 기억할 수 있는 장면들.

예를 들면 어릴 적 처음 해수욕장에 갔을 때 아버지가 나를 검정색 큰 튜브에 앉혀 놓고 꽤 깊은 곳으로 들어가자 난 무섭다고 징징

거렸다. 아버지는 그런 나를 괜찮다며 달래주었고 그 무서웠던 바다가 세상에서 가장 편안하게 느껴지는 그 순간의 기억들. 또 내가 초등학교 다닐 때 놀이터에서 형들한테 얻어맞고 집으로 돌아왔을 때 멍진 내 얼굴을 보고 화가 나서 그 동네 아파트 전 호수를 일일이 벨을 누르며 날 때린 놈들을 기필코 찾아내어 혼내줬을 때 등.

분명 나는 그분한테 참 많은 사랑을 받고 자랐는데….

어느샌가 미운 기억들만 가득차서 내 존재의 근원을 버리고 도망 갔고, 또 잊혀질 때 쯤 내가 위협 받았을 때 다시 번쩍하고 나타나는 내 존재의 근원.

지금 나에게 가장 필요한 건 여자도, 친구도 아닌 아버지였다.

그리고 그곳에서 보내는 편지

"아버지.

당신을 떠나 세상에 혼자 선지 벌써 2년이 지났네요.

당신이 없는 동안에 많이 뜯겨지고, 찢겨졌습니다.

전 항상 당신의 착한 아이로 살고 싶었어요.

그러나 착한 아이가 되진 못했죠.

당신 자식 당신의 인생에서

금빛 전리품이 되기를 희망했었습니다.

그러나 항상 당신한테 실망감과 배신감을 안겨주었죠.

하고 싶은 게 뭔지, 뭘 좋아하는지 물어봤으면 좋았을 텐데.

단 한번만이라도 괜찮다, 수고했다, 미안하다, 라고 위로라도

해주었으면 이렇게까지 안 되었을 텐데….

항상 당신만 원망하고 살았습니다.

그리고 당신이 죽기만을 바랬습니다.

그런데 아무도 없는 길에 혼자 갇혔을 때

또 지금 이 순간 죽음의 공포가 찾아올 때

당신 생각이 절실히 나더군요.

죽기 전에 당신을 이해한다고 감히 말하고 싶어요.

죽기 전에 당신에게 미안하다고 말하고 싶어요.

죽기 전에 당신이 보고 싶다고 말하고 싶어요.

꼭 살아서 본다고 말하고 싶어요.

아침이 밝아왔고 잠시 우울해진 생각을 벗어던지고 모래 속에 처박힌 엔필드를 빼러 다시 안간힘을 썼다. 30분 정도 싸우다가 다시 체력이 떨어졌다. 어느새 물은 다 떨어져가고 없었다. 기력이 다 떨어지기 전에 누구라도 들으라는 양 클랙슨을 계속 눌러댔다.

그러던 중 저 멀리서 낙타 두 마리를 타고 오는 사내들을 보았고 양팔을 좌우로 흔들며 그들을 오게 했다. 그들은 사막 유목민이었는데, 말이 유목민이지 현재는 낙타 사파리의 네비게이터로서 근근이 먹고 사는 사람들인데, 이 사람들 덕분에 수렁에서 빠져나갔고 외로운 모래 속에서 탈출했다.

숙소로 들어와 김치볶음밥과 라면을 미친 듯이 먹고 잠을 청했다. 그리고 다음날 조드뿌르로 향했다.

조드뿌르를 갈 이유나 목적은 없었다. 남쪽으로 가기 위한 중간 지점이었을 뿐. 조드뿌르는 영화 촬영지로 유명한 도시였다. 별명은 blue city. 조드뿌르의 유명한 메헤랑 가르성에 올라가서 밑을 내려다보면 일반 가옥과 파랗게 칠한 가옥들로 거주지역이 나뉘었는데, 그 이유는 귀족가옥과 평민 가옥을 구분하기 쉽게 하기 위해 그런 것이라 한다.

역시 한국인들이 많이 찾는 곳이다. 영화 <김종욱 찾기>에서 나왔다고 한다. 내가 들렀던 인터넷 카페에선 주인장이 나보고 한국인이냐고 묻기에 그렇다고 대답하니, 사진 한 장을 보여줬다. 영화배우 임수정과 같이 찍은 사진이었다. 조드뿌르에서 한 이틀 정도 머물렀고, 내가 있던 게스트 하우스는 일반 가옥을 개조한 집이었는데, 주인장이 무슬림이었다. 그 주인장은 비즈니스 관계를 떠나 하루 5.000원짜리 페이를 주는 여행자한테 5만 원 이상의 서비스를 제공해 주었고 진심으로 잘해 주었다.

누군가 그랬는데 코란에서 "여행자들을 잘 대해주어야 한다."라는 말이 있어서 무슬림들이 여행자들을 환영해주고 잘해준다는 말이 있는데 북인도 카슈미르지역에서 돌팔매질을 당한 경험을 보면 아닌 것 같기도 하고 이 주인장을 보면 그런 것 같기도 하였다.

조드뿌르에 머물던 3일 동안에는 첫날 메헤랑 가르성에서 맞이한 저녁노을을 감상한 것 외에는 나머지 이틀 동안 방에만 있었다.

도시나 유명한 관광지에서는 별다른 흥을 못 느끼고 있었다. 내가 살아있다는 느낌도, 존재의 위협을 받는 느낌도 도시에선 받을 수 없었다. 이런 느낌들은 북에서 남으로 내려갈수록 더 심했으며 이후 유럽에서도 이런 느낌을 강력하게 받았다. 바다보다는 눈 덮인 설산이 좋으며 인프라가 좋고 안전한 나라보다는 더럽고 위험하

게 느껴지는 나라들이 좋았다. 내 성향이 변태적이라는 걸 깨달을 때까지는 그리 오랜 시간이 걸리지 않았다. 불안한 장소에서는존재의 살아 있음을 세포 하나하나 느낄 정도로 아드레날린이 솟구쳤으며 막막한 장소에서는 존재의 탈출을 위해 더욱더 강해진 것을 느꼈다. 그렇듯 살아있음을 절실히 느끼고 싶었다. 또 시험해보고도 싶었다.

내가 태어나 처음으로 해외여행을 인도로 떠난 것을 결정한 것도 또 이동수단에 있어 안전한 세 바퀴, 네 바퀴보다 불안전한 두 바퀴를 선택한 것도 이런 성향에서 나오는 나의 본질적 반향이 울려 퍼지는 게 아닐까 싶다.

지금껏 살아온 삶을 돌아봐도 나는 참으로 '역삼각형'같은 사내가 아닐까 싶다. 항상 위태위태, 그 아슬아슬한 경계에서 외줄타기를 했다. 그러나 난 그 '불안'이 싫어 항상 삼각형 즉 완전한 정착을 꿈꾸었다. 내가 정착할 때쯤 그것을 버리고 다시 불완전함을 선택한 것도 나였다.

삶의 지향점은 완전했지만, 삶 자체는 늘 불완전했다. 삶 자체가 역설이었다. 오토바이를 타는 시간이 점점 늘어나면서, 나는 세상만사 돌아가는 것 다 제쳐두고 나에 대해 본질적인 연구를 시작하는 소위 '자기 철학'을 길 위에서 쓰고 있었던 것이다.

지옥

천국도 지옥도 세계도 우리 안에 있다.
인간은 위대한 심연(深淵)인 것이다.

-아미엘

　조드뿌르에서 고아까지는 약 200km, 고아까지 가기 위해선 크
게 구자라트주(州) 그리고 뭄바이를 지나고 남쪽으로 좀 더 내려가
면 낙원이라고 불리는 고아에 도착한다. 조드뿌르를 벗어난 지 3일
째 구자라트주의 주도 아흐메마바드에 도착했고 하루 쉬고 다음날
아침 뭄바이를 향해 다시금 힘차게 출발하였다. 앞으로 나에게 닥
칠 시련을 모른 채. 내가 있는 곳이 지옥이었다는 걸 인지하지 못한
채….

　이때 나는 항상 등 뒤에 삶과 죽음을 관장하는 시바신을 태우고
다녔는지도 모른다. 인도대륙 한 복판을 가로질러 남쪽으로 내려가
면 내려갈수록 점점 많은 사람들을 마주쳤고, 내가 잠시 휴식을 취

하러 마을에 정차를 했을 때 몇 가지 사건도 있었고, 시비도 많았다. 또 휴대한 칼을 꺼내 방어한 적도 있었을 정도로 정신적으로 길위 인간들에 대한 공포가 극으로 심해져 가고 있었다.

고아까지 가는 여정은 거리도 거리지만 정신적인 거리도 멀었다. 그래서 거의 쉬지 않고 달린 적도 많았다.

2011년 9월 30일 오후 2시 나에게 평생 잊을 수 없는 사건이 발생하였다. 아흐메다바드를 빠져나가고 한적한 지방도로를 지나고 있었을 때였다. 왕복 2차선으로 제법 큰 길이었고 지나다니는 차가 없어서 아무 생각과 긴장 없이 달리고 있었다. 그리고 귀에는 이어폰을 꽂고 AC/DC의 'Highway To Hell'을 들으며 가고 있었는데, 갑자기 뒤에서 몰려오는 엄청난 힘을 느낄 세도 없이 앞바퀴는 하늘을 향해 고개를 쳐들고 있었고 내 몸은 오토바이와 분리되어 왼쪽 가로수에 돌진하고 있었다.

나무에 부딪히기 전까지 시간이 느리게 느껴졌다. 그리고 튕겨져 나와 자빠졌고 어지러움에 구토를 했다. 그리고 쓰러져 눈을 감기 전에 마지막으로 본 건 나를 향해 뻗쳐오는 검은손들. 눈을 감기 전까지는 '살았구나!' 싶었다.

얼마나 시간이 지났을까? 주변에서 들려오는 정체모를 소리와 소란스러움 때문에 눈을 떴고, 가장 먼저 보였던 건 벌겋게 익어 부어올라있던 나의 허벅지. 천천히 시선을 좌에서 우로 돌려보니 여러 사람들이 폰으로 나를 찍고 있었고, 누런 이를 드러내며 웃고 있는 사람들의 얼굴까지 보였다.

타는 목마름으로 water! water! 외쳤고, 물을 마시고 정신을 차려

보니 팬티를 제외하고 옷은 다 벗겨져 있었다. 옷이 다 털렸던 것이다.

머리통을 붙잡고 일어서서 오토바이를 확인했다. 뒷부분이 찌그러져 있었고, 뒷바퀴가 분리되어 있었다. 다행히 쇠사슬로 가방과 차대를 묶고 자물쇠를 채운 덕분에 나의 카고백은 찢겨 반 걸레 상태가 되었지만 없어지진 않았다. 없어진 건 나의 허리에 차고 있었던 복대안의 소지품이었다. 여권, 카드, 신발, 셔츠, 시계, 현금 30만 원 정도.

반걸레가 된 카고백을 열어보니 노트북은 쪼개졌지만 다행히 카메라만은 멀쩡했다. 그러나 가장 중요한 건 현재 내가 이 지옥을 빠져나가는 것 외엔 방법이 없었다. 얼마 지나지 않아 터번을 둘러싼 경찰이 유창한 영어실력으로 나의 신상에 대해 이것저것 물어보았고 진심어린 걱정을 하였다.

내가 기절한 시간은 약 20분 정도인데, 뒤에서 차량 빽치기를 당한 것이었고 오토바이를 들이받자마자 강도들은 내 몸을 털었고 카고백을 가져가려 묶인 쇠사슬을 풀려고 시도하던 와중에 사고소리를 듣고 사람들이 달려와 준 덕분에 바로 도망갔다고 한다. 이곳은 외국인이 지나갈 일이 없었지만 현지 인도인들까지도 습격 납치해 장기적출 행위도 번번이 일어나는 지역이라고 하였다.

빽치기한 놈들을 저주하고 욕하기에 앞서, 이 얼마나 살아있음에 감사한가! 그리고 이 터번 쓴 경찰은 시크교도인데(이자를 씽 아저씨라 부르기로 한다) 어디서 왔냐고 물어 한국에서 왔다고 답하였더니, 씽 아저씨 친동생이 군 간부인데 고려대학교에서 태권도를 배웠고 그가 체류하는 과정에서 사람들이 친절하게 대해줬다고 들은바 있어서 자신도 나에게 친절을 베풀고 싶다 하였다.

십 수 분 후 트럭이 왔고 트럭에 엔필드를 적재하고 나는 씽 아저씨 동료에게 옷을 받은 뒤 갈아입고 씽 아저씨 집으로 갔다. 잃어버린 여권과 카드 문제는 뭄바이에서 해결하기로 했고 그날 밤 씽 아저씨 집에서 하룻밤을 보냈다.

정말 무서웠고 끔찍한 사건이었으나 우선 살아있음에 너무 감사하고 다행이어서 여행 후 처음으로 '자위'를 했다. 살아있음을 느끼고 또 살아있음에 감사한 '자위'였다.

사형수들이 목을 매어 형을 당할 때 죽기 전 찰나의 순간에 사정을 한다고 어디서 들었다. 무의식적으로 죽음을 느끼고 난 후 살아있음을 증명하려 했던 행동이었던 것 같다.

다음날 씽 아저씨가 뭄바이까지 가는 2등 구간 기차 티켓과 일주일 정도 체류비 등, 내가 빼앗겼던 약 30만 원을 자비로 주셨다.

나를 살려주고 도와준 씽 아저씨의 이름도 모른다. 난 아직도 이분의 연락처와 이름을 안 적어 온 것에 대해 큰 후회를 하고 있다. 그리고 진심으로 그분의 도움에 감사해 한다.

내가 이분의 도움에 감사함을 전할 수 있고 또 갚을 수 있는 건 현재 한국에서 씽 아저씨와 닮아 보이는 외국인 노동자에게 밥 한 끼 사주는 것이 내가 할 수 있는 최선이었고 도움에 대한 답례였다. 한국에 온 이후로 가끔 이런 행동을 하고 있다. 그리고 이 구자라트에서 발생했던 사건은 지난날 내가 제임스를 버리고 간 것에 대한 죄값이라고 생각한다.

이 사건 이후로 한동안 블랙아웃 현상에 시달렸다. 술도 심하게 먹지 않았는데 오늘 하루 중 '어떤 일'이 기억이 안 나고 어떤 장소에 왔는데 '내가 왜 왔는지' 이유도 모르고 물건을 손에 쥐고 있는데도 그 물건을 계속 찾는가 하면 잠깐이지만 어떤 상황에 대해 기억의 일부분이 삭제되는 '블랙아웃' 되는 현상이 시간이 지날수록 한동안 심했다. 이런 상황은 영국에 가서도 지속적으로 진행되다가 갑자기 어느 순간부터 괜찮아졌다.

다음 날 아침, 역으로 가서 바이크를 팩킹하여 고아역으로 보냈고 그날 밤 뭄바이행 열차에 몸을 실었다. 뭄바이까지 약 15시간이 걸렸으며 뭄바이에 도착한 후 여행자 숙소를 구하고, 바로 한국대사관으로 찾아가서 여권 재발급을 신청한 후 기다리는데 10일 정도 소요되었다. 카드는 다행히 인도에서 물건을 구입할 때 비밀번호를 눌러야만 했기 때문에 비밀번호 오류 초과로 자동으로 이용이 정지 되었고 별 어려움 없이 재발급을 받았다.

나는 뭄바이에서 여권을 재발급을 받는 동안 낮에는 슬럼가를 전전하였고 밤에는 여행자 숙소에서 그저 살아있음에 안도하고 감사해 했다.

내가 한국에 있을 때 인도에 관한 영화를 본 것은 대니보일 감독의 <슬럼독 밀레어네어>였는데 그 영화의 내용은 뭄바이 빈민가에 사는 청년이 모든 역경을 이겨내고 퀴즈대회에서 우승을 해 인생역전을 하는 그런 내용이었다.

그래서 슬럼가를 가 보고 싶었고 또 찾아가 보았다. '슬럼독 밀리어네어'가 전 세계적으로 흥행에 성공했고 그 이후 뭄바이 여행사에서는 슬럼가를 투어 하는 프로그램을 만들었으며 낮에 일정 시간 동안 그곳에 방문하여 그들의 삶을 마치 동물원에 있는 원숭이들을 구경하듯 보고, 찍고 가는 것이었다.

난 감히 그들의 삶을 관광으로 보기 싫어서 혼자 슬럼가를 방문하여 그들의 삶 속으로 들어갔다. 슬럼가를 방문할 때는 카메라를 들고 다니지 않았고 또 내 트레이드마크인 레이벤 선글라스를 끼고 다니진 않았다. 벌거벗고 다닌 느낌이었지만 내가 그들에게 할 수 있는 최고의 예의였다.

슬럼가를 쭉 둘러보았다. 그곳 또한 역시 인도였다. 내가 길 위에서 보았던 인도와 겉보기엔 별 차이가 없었다. 그러나 달랐던 건 그 길 위의 보았던 나를 짜증나게 했던 호객꾼들, 사기치려 했던 사기꾼들, 그리고 나를 놀렸던 사람들….

슬럼가 바깥 쪽은 활력이 넘쳐났고 삶에 있어서 위트가 있었지만 이곳에서 사는 사람들은 조금 달랐다. 거리의 매춘부들, 건달들, 조직화 되어있는 앵버리들, 약쟁이들까지 이들은 인도에서 가장 높고 화려한 마천루들 아래에서 빛을 바라보지 못해 회색빛이 나는 인도인들이었다. 이들의 눈빛엔 힘이 없었으며 눈동자는 아편에 중독돼 노란빛을 띄고 있었다.

그들은 이방인이었던 나를 보아도 신기해하거나 달려들지 않았다. 매일 찾아오는 단체관광들이 그들의 삶을 헤집고 들어와 돈 몇 푼 던져 주는 게 일상이라 나시 한 장 걸친 동양에서 건너온 거지 몰골을 한 여행자 따위에겐 뭐하나 빼먹을 것이 없을 것이라 판단이라도 한 것처럼 관심조차 보이지 않았다.

조그마한 사거리를 지나 골목길로 접어 들 때 쯤 갑자기 어느 뚱뚱한 사내가 나에게 뭐라고 지껄이며 양동이에 든 정체모를 액체 덩어리를 나에게 뿌렸다.

그것은 '오물'이었다. 순식간에 오물을 뒤집어쓴 나는 화가나 그 뚱뚱한 사내에게 욕을 지껄였고 그러자 그 뚱뚱한 사내는 방에 들어가 몽둥이를 들고 나오더니 나에게 달려들었다. 하는 수 없이 나는 도망갔다. 그 사내를 피해 골목길 사이사이를 지났고 어느새 빛이 거의 들어오지 않았던 어느 골목길 모퉁이에 다다랐을 때 순간 몸이 굳었다.

누군가가 쓰러져 누워 있었다. 자세히 보니 아이 엄마로 보이는 여자가 자신의 한쪽 젖가슴을 열어 아이에게 젖을 먹이고 있었는데 처음엔 그 여자가 미동조차 없어 죽은 줄 알았다. 그러나 아이의 젖 빠는 소리를 들어 그들이 살아있음을 알았다. 그리고 그 여자와 나의 눈이 마주쳤지만 그 여자는 나 따위에겐 관심조차 없었다. 그런데 갑자기 쥐들이 여자와 아이 위를 지나가는데 그 불쌍한 여자와 아이는 아무 저항조차 하지 않을 뿐더러 쥐들을 쫓아낼 기력조차 보이지 않았다. 그저 그것들이 지나가기만을 원했던 것 같았다.

원래 그들의 삶을 지켜보기만으로 마음먹었던 내가 처음으로 개입했다. 쥐들을 쫓아냈고 괜찮냐고 물어보았다. 그리고 그 불쌍한 여자는 힘겹게 손을 내밀었다. 일으켜 세워달라는 줄 알고 손을 붙잡으려고 했는데, 내 손을 쳤다.

돈 달라고 하는 것이었다. 그리고 가지고 있던 돈 절반을 그 여자에게 주고 나갔다.

도망치듯 슬럼가에서 빠져나와 숙소까지 택시를 타고 가려했지만 오물을 쓴 내 모습과 몸에서 진동하는 악취 때문에 모든 택시가 나를 거부했다. 또 트램이나 버스를 이용할 수도 없어 하는 수없이 숙소까지 걸어가야만 했다.

터벅터벅 힘없이 거리를 배회하는데 나를 봐라본 모든 사람들이 나를 피했다. 지나가는 사람들이 코를 막으며 나에게 손가락질을 했고, 비웃었다. 심지어 거리의 거지들조차 나를 무시했다.

1.5L짜리 생수 몇 통을 구입해 길 한복판에서 뿌렸다. 대충 씻고 다시 걸었다. 몸에서 냄새는 덜 났지만 여전히 기분은 더러웠다. 오물을 뒤집어썼다는 것에 대해 기분 나쁜 건 아니었다. 내가 아무것도 할 수 없었다는 거에 대해 기분이 나빴다. 아니 자존심이 상했던 것이다.

길을 걷다 어느 덧 뭄바이의 부자들만 모여 산다는 동네 초입에 들어섰다. 초호화 전원주택들이 즐비했으며 최고급 스포츠카와 세단들이 내 옆을 지나갔다. 부잣집 도련님으로 보이는 꼬마 녀석이 BMW 장난감 전기동차를 살살 몰고 그 옆엔 수행원으로 보이는 정장 입은 사내가 아이를 돌보고 있었다.

그날 하루 나는 이 세상의 양극단을 경험했다. 힘없어 자신에게 올라탄 쥐조차 쫓아내지 못했던 여인과 화려해 보이는 비싼 장신구를 착용한 기품 있는 부잣집 여인까지.

그리고 생각했다.

이 세상엔 신이란 게 존재하지 않는다고.

그날 이후로 여권을 받으러 대사관에 찾아갈 때까지 숙소밖에 나서질 않았다. 그리고 여전히 악취가 내 몸에 남아 있는 것 같은 더러운 기분이 떠나질 않았다.

그날 이후로 어디에를 가도 절대로 타인의 삶을 엿보거나 감히 개입하지 않기로 결심했다. 어설픈 내가 아닌, 그들을 구원해 줄 힘과 용기가 있는 내가 될 때까지.

탈
출

나를 믿어라 인생에서 최대의 성과와 기쁨을 수확하는 비결은
위험한 삶을 사는데 있다.

-프리드리히 니체

뭄바이에서 여권을 재발급 받고 그날 밤 바로 고아까지 가는 기차를 탔다. 대략 15시간이 걸렸고 도착하기에 앞서 제발 엔필드가 고아역에 있기를 바랄 뿐이었다.

고아에 도착하고 나서 Parcel Office를 찾아갔는데 이미 도착했어야 할 엔필드가 없었다. 그래서 책임자한테 가서 어떻게 된 거냐고 따져 물어 봤는데 직원들이 실수를 해서 고아역에 바이크가 도착했을 때 빼내지 못했다고 한다. 고아를 한참 지나 남쪽에 있는 코친이라는 곳에 있다고 하였다. 그러니 일주일가량만 더 기다려 달라고 하는 것이었다.

인도, 아니 게으르고 책임감 없는 인도사람들한테 그동안 쌓이고 쌓였던 모든 분노가 폭발했고 마치 Parcel Office를 다 부술 기세인양 그곳에 화풀이를 하였다.

이에 크게 당황한 책임자는 전화를 걸어 알 수 없는 말로 상대측에게 언성 높여가며 지껄였고 일주일 걸린다는 나의 바이크가 3일만에 나에게로 돌아왔다. 심하게 망가진 상태로.

바이크를 받고, 근처 가라지에 가 수리를 맡겼다.

그때 오토바이 여행을 이곳 고아에서 마쳐야겠다는 생각이 불현듯 들었다. 다람살라에서 고아까지 여행계획을 세웠지만 고아 이후에 다른 목적지는 딱히 정해놓지는 않았다.

힌두교의 성스러운 젖 강인 갠지스 강에 가서 시체 물을 한번 떠먹을까 생각해보다 그곳 별명이 '경기도 바라나시'라는 소리를 들어 안가기로 하였다. 경기도 바라나시라는 뜻은 그만큼 한국 사람이 많다는 뜻이다.

고아역 근처 베나울림 해변에서 오토바이가 다 고쳐질 때까지 5일 정도 머물렀다. 비성수기라 그런지 여행자들은 많지 않았고, 숙소 밖으로 조금만 걸어가다 보면 웅장한 아라비아 해가 나를 맞이했다.

석양은 아름다웠으며 바닷가에서 불러오는 바람마저 포근하게 느껴졌다. 난 이곳 해변에서 아침부터 해질녘 무렵까지 죽치고 있었다. 상당히 평화로웠지만 한편 굉장히 지루했다.

몸이 편안하고 뱃속에 기름기가 차올라 포만감을 느낄 때 즈음 다음 여정에 대해 고민하기 시작했다. 어디로 가야할지에 막막했다. 갈 곳이 없었다. 그렇다고 한국에 들어가자니 역시 갈 곳이 없었다. 다른 곳으로 눈을 돌리자니 의미부여할 것도 없었고 목적자체가 아예 없었다. 목적은 내가 만들어야 했다.

바이크 수리가 끝날 때 즈음 자이살메르에 있는 게스트 하우스에서 이틀 정도 보았던 양형한테 연락이 왔다. 때마침 고아에 왔고 만일 내가 고아에 있으면 같이 보자고….

양형은 대학원을 마치고 취업과 진로에 대해 고민 하던 중 점점 잃어가고 있는 자신의 모습을 보고 갑자기 떠나기로 결심한 뒤, 동남아를 돌고 인도로 넘어와서 자이살메르에서 지금의 나를 만났고 내가 인도를 떠난 뒤 양형은 네팔로 갔다가 이집트로 넘어갔고 이후 터키 그리고 그리스에서 여행을 마치고 귀국을 했다.

이렇게 종종 여행자들을 만나 이야기를 들어보기 전까지 세상 사연은 나 혼자 가지고 있고 내 일이 세상에서 가장 고통스럽고 힘든 일이라 생각하며 떠난 영화 속 주인공처럼 착각하고 있었다.

그러나 긴 여행을 떠난 사람 중에서 사연 없는 사람은 없었고, 각자 갖고 있는 고민의 무게와 걱정이 달랐을 뿐 상대적인 거라 그들이 가지고 있는 고민과 걱정의 경중을 나는 함부로 평가할 수도 말할 수도 없었다.

세상 사람들 특히 기성세대들은 종종 우리 같은 사람들을 보고 현실도피자, 도망자 혹은 세상살이에 대한 실패자로 간주한다. 그러나 이러한 반응들에 대해 나의 변명을 해보자면, 길고 짧은 건 대봐야 하는 것이고 섬나라 같은 반도에 국한 될게 아니라 더 넓은 세상, 많은 사람들을 보면서 어항 속 금붕어에서 벗어나 드넓은 바다로 가는 길이라는 것. 이러한 청춘의 고민과 방황들이 더욱더 성숙한 어른으로 가는 성장통이라는 걸 말해주고 싶다.

우리는 태어나면서부터 '인생은 레이스다, 밟지 않으면 밟히게 된다'라고 부모, 선생들로부터 자아가 채 자리 잡기도 전에 끊임없이 들어왔고 배워왔고 또 대부분의 사람들은 아무 생각 없이 맹목적으로 달려 나갔다. 자신이 '어디로' 또 '왜' 달리는지 모르는 채.

나 또한 줄곧 그 레이스에서 발버둥 치며 살아왔지만 상위권 대열에서 밀려난 이후 그 레이스에서 벗어났고 지금은 남들은 이미 뛰어가고 아무도 없는 길 위에서 올바른 방향은 어디이고, 나에게 맞는 방향은 어디인지 또 그 방향이 맞는다면 '왜' 가야하는지에 대해 알아보고 있는 중이다. 설사 그 길이 저 멀리 돌아가는 길일지라도.

난 아직도 지독한 성장통을 겪고 있으며 끊임없이 치열하게 방황 진행중이다. 누군가는 말한다. '방황은 죄악이다' 그러나 이는 어항

속 금붕어만도 못한 생각이다. 방황은 죄악이 아니라 다만 더 고차원적 영적 삶을 영위하기 위한 시행착오 일뿐이다. 이것은 그들이 말하는 나 같은 패배자의 항변일수도 있다.

그러나 한 가지 확실한 것은 치열하게 고민하고 방황하며 황무지를 여행하는 것만이 진정한 방황이라는 것과 그 과정에서 살이 찢어지고, 고름이 흐르고, 굳은살이 박여 나무껍질처럼 단단해 질 때, 비로소 온전한 내가 서게 된다는 것이다.

청춘의 고민과 방황을 두려워하지 말자 그러나 우리는 노력하는 한 마지막 순간 까지도 방황할 것이다. 고로 난 죽을 때까지 방황하고 싶다.

-박경철-

오토바이 수리가 끝나고 양형과 나는 히피들이 많이 몰린다는 아람볼 해변으로 이동했다. 우리가 함께 머물렀던 숙소의 주인장은 인도에서 보기 드문 가톨릭 신자였다.

이곳 고아는 옛 포르투칼의 식민지였으며 인구의 40% 이상이 카톨릭 신자라고 한다. 내가 다녔던 인도에선(뭄바이를 제외하고) 여성들의 상업활동을 거의 볼 수가 없었으나 이곳 고아에서는 달랐다. 양형도 오토바이를 대여해서 나랑 같이 아람볼에서 3일 정도 같이 타고 돌아다녔고 그 후 양형은 네팔로 떠났다. 그렇게 잠깐 만났고 금방 헤어진다고 해도 이별의 순간만큼은 언제나 쉽지가 않았다.

양형을 보내고 나서 본격적으로 앞으로의 여행 방향에 대해 생각하기 시작했다. 오토바이는 이미 팔기로 마음먹었고 사람들이 많아 보이는 광장이나 술집에 벽보를 붙여놓았다. 팔고나면 대충 380만 원의 돈이 수중에 남게 된다.

이 돈으로 어디를 가야할지. 양형 말대로라면 이 돈이면 동남아에서 충분히 3개월 이상 체류하고도 남는 금액이라고 한다. 동남아라. 아무리 그곳에 대해 좋은 소리를 많이 듣고, 긍정적으로 생각을 해봐도 나와는 맞지 않는 것 같다고 생각되었다. 그리고 좀 더 본질적으로 들어가 보았다. 내가 진짜 원하고 하고 싶은 것에 대하여 생각해 보았다.

여행 중 블로그를 운영하면서 또 나의 블로그가 사람들의 입소문이 타기 시작하면서 제법 많은 사람들의 호응과 피드백을 받으면서 일종의 성취감도 생겼다. 그리고 생각했다. 그녀를 만나기 전에 일을 하면서 막연하게 하고 싶었던 것 한 가지.

'오토바이 유라시아 대륙횡단'

그러나 문제는 이곳이 한국이 아니라 인도라는 점. 지금 내가 가지고 있는 엔필드와 서류로 인도를 벗어나 파키스탄조차도 가지 못한다는 점이었다. 다시 한국으로 돌아가서 준비를 하자니 군대문제도 있었다. 만약 대륙횡단을 하고자 한다면 기간이 있을 때 한국이 아닌 밖에서 시작해야만 했다.

그럼 어디서 시작을 해야 할까? 원래 꿈꾸었던 게 러시아 블라디보스토크에서 시작해 스페인 리스본으로 가는 것이었는데, 반대로 유럽에서 시작을 하게 된다면? 또 현재 나의 상황에 맞춰 유라시아 대륙횡단이라는 막연한 꿈에 대해 조건을 따져 보았다.

1. 현재 지금은 10월이라는 점. 설령 돈이 충분하다고 해도 계절상 장기간 이동을 할 수 없다. 곧 겨울이 다가온다.

2. 그리고 현재 나에게 가장 필요한 돈. 오토바이 값을 제외하고 2만 킬로를 횡단하는데 있어 3개월에 최소 300만원이라는 돈이 필요했다.

그렇다면 돈은 한국이 아닌 어디서라도 벌면 되는 것이었고, 횡단 시작은 앞으로 6~7개월 후면 가능하다 싶었다.

이 두 가지 조건을 충족하기 위해선 앞으로 6개월 동안 다른 나라에서 일을 하며 돈을 500만 원 이상 모아야만 했다. 내가 다른 나라에서 합법적으로 일을 하려면 워킹홀리데이라는 비자가 필요했다. 그래서 인도에서 워킹홀리데이 비자를 받는 것에 대해 몇일 알아봤는데 제 3국에서 워킹홀리데이 비자를 받기가 상당히 까다로웠다. 그리고 나서 다른 방안을 강구해봤는데, 얼핏 듣기로 유럽에선 무비자로 3개월간 체류할 수 있다고 하여 유럽을 파기 시작했다.

인터넷으로 유럽에 있는 한인포럼에 가입하여 약 100통의 메일을 유럽 각지에 있는 한인 게스트 하우스 또는 식당 사장에게 보냈으나 대부분 거절당했고 그중 세 군데에서 긍정적인 연락이 왔다. 한 곳은 그리스 아테네였으며 나머지 두 곳은 독일이었다.

그러나 그리스와 독일은 체류기간이 3개월밖에 안되어서 3개월 후에 다른 어딘가로 떠나야만 했다. 불확실했다. 인터넷으로 유럽에 있는 나라 중 가장 오래 체류할 수 있는 곳을 알아보았다. 영국과 아일랜드였다.

영국에 있는 한인포럼을 찾아내 그곳에 내 이야기를 올렸다.

안녕하세요. 네오노마드입니다.

현재 인도에서 오토바이로 2달반 가량의 여행을 마치고

다음 여행지를 정하고 있습니다.

작은 계획을 세웠는데 내년 봄까지 일을 한 다음 오토바이를

구입 후 유럽을 돈 후 러시아를 거쳐 블라디보스톡에서

속초로 오는 약 2만여 키로의 여정입니다.

영국에서 많은 분들이 학생비자. 취업비자 없이 관광비자로

6개월간 있으면서 학교도 다니고 일하는 분들도

많다고 하였는데 맞는지요?

제 소개를 간략히 하자면, 나이는 24살이며 여행오기 전 1년

동안 서울 강남구 신사동 가로수길 이자카야 '켄카'라는 곳에서

매니저 생활을 하였습니다.

서비스에는 자신이 있으며 적응을 좀 하면 남들보다

더 잘할 수 있습니다.

숙식제공 되는 곳이었으면 좋겠습니다.

젊은 날의 객기지만 좋게 봐주셔서 제 인생에 큰 기회를 주시면

정말 감사하겠습니다.

이메일: anti1960s@naver.com

www.neo-nomad.kr 제 블로그입니다.

몇 몇 피드백이 있었지만 확실치는 않았고 대부분 응원글이었다.

한두 군데에서 어설프게 연락은 왔는데 간다고 해도 확실치는 않았고 애매모호하게 답변이 왔다.

고민하고 또 고민 했다. 머릿속으로 영국에 가서 일자리를 구한다는 생각보다는 일자리를 구하지 못하고 남은 돈 300만 원을 다 써서 한국에 들어가야만 하는 그런 부정적 생각이 내 머릿속을 가득 채워갔다.

그러나 난 생각을 단순화 해야만 했고 내 전 재산 300만 원을 가지고 도박을 해야만 했다. 만일 10일 안에 일자리를 구하지 못한다면 한국으로 돌아가야 했던 것이다. 리스크를 감수해야만 했다.

다음 날 영국행 티켓을 끊었다. 이제 빼도 박도, 물러설 수도 없는 노릇이었다. 10월 27일자 런던 히드로행 킹피셔 에어라인 티켓을 끊었고 나에게 남은 시간은 열흘이었다. 열흘 안에 오토바이를 팔아야만 비행기 값을 보상할 수 있었다.

양형을 떠나보내고 난 뒤 게스트 하우스에 혼자 있으면서 외국인들하고 자연스럽게 친해졌다. 스페인에서 온 안토니오와 서르지 그리고 스웨덴에서 온 알렉스, 남미 칠레에서 온 까롤리나와 로미 프랑스에서 온 이자벨.

이 친구들하고 아주 사이좋게 지냈고 얼마 안남은 인도의 마지막 밤을 매일 술로 지새우며 이야기를 했다. 우리들 모두 비슷한 나이대였고 막연하고 암담한 미래 또한 비슷하였다. 그래서 우리들의 모임은 스스로 각국의 패배자들의 회담이라고 지칭했다. 앞날에 대한 걱정은 많았지만 인도 여행 중 이들과 보냈던 열흘이 가장 행복했고 즐거웠다.

헤어지기 전날 그들은 일자리를 얻으러 떠나야만 했던 나의 영국행을 아쉬워했고, 오토바이 유라시아 대륙횡단에 대해 진심으로 응원해 줬고 이루어지기를 소망했다. 그리고 언젠가 다시 만날 기약 없는 약속들을 했다. 그로부터 약 9개월 후 난 이들 중 일부를 다시 유럽대륙에서 만나게 되었다.

다음날 아침 뭄바이로 가는 버스를 탔고, 그 다음날 영국행 킹피셔 에어라인에 탑승을 했다. 앞날이 어떻게 될지 모르는 불안함과 막막함을 안은 채….

또 몇 개월 후 해가 뜨는 동쪽으로 자유롭게 시베리아 초원 위를 달려 나갈 나를 상상하며….

마치며 :
인도여행을

상처 받은 낯선 놈이 죽겠다며 인도대륙에 불현듯 나타나 땅바닥에 곤두박질 당한 후 바람 따라 3개월 동안 5000km를 두 바퀴로 정처 없이 휘젓고 다녔다. 인간이 만든 문명 따위는 관심이 없었으나 위대한 자연이 만든 장엄하고 공허한 산맥의 등줄기를 타고 다니면서 '삶'과 '죽음'이라는 보이지 않는 경계 속에서 다시 태어났다. 다시 태어나서 '구원'이라는 매개체를 줄 수 있는 메시아를 찾아 나섰고 그 과정 속에서 영혼의 성장과 퇴보를 반복하였다. 그러나 '두려움'이라는 선글라스를 낀 이후로 인간의 파도 속에서 '구원받기'에 실패하였고 그 후 많은 악행을 저질렀다. 그 대가로 지옥불에 빠졌으나 어찌된 영문인지 몰라도 멀쩡하게 살아나왔다. 결국 10억이라는 바다에 나 따위는 한 물방울이 되어 섞이지도 못하였고 바다 위에 뜬 기름처럼 이도 저도 아닌 상태가 되었다.

철저한 이방인임을 자청하였으나 외로웠다. 그리고 또 실패했다. 그래서 다시 도망치기로 했다. 그러나 사람을 떠나기 위해 여행길에 오르는 사람에게 세상은 그저 드넓은 바다뿐임을 알게 되었다.

주사위는 이미 던져 졌다.

율리우스 카이사르

3장

영국
U.K

외국인 노동자

현재를 체험한 자만이 지옥이 무엇인지를
진실로 알 수 있다.

-카뮈

2011년 10월 28일.

뭄바이 발 킹피셔 에어라인을 타고 런던 히드로 공항에 도착했다. 영국에 오기 전 악명 높은 영국 입국심사대에 대해 알아보았다. 편도 티켓으로는 입국하기가 힘들며, 여행자에 따라 입국목적, 여행일정, 숙박업소 예약권 등 심지어는 통장에 남아있는 잔액조회까지…. 꼼꼼하게 검사한다고 하였다.

왕복항공권을 구입하지 않고, 리턴 티켓으로 11월 4일 영국에서 프랑스로 가는 유로스타 편도티켓을 버리는 셈 치고 구입하여 갔다. 또 인도에서 하고 있는 모습 그대로 입국심사대에 가면 겉모습만 보고 이것저것 귀찮게 할까봐 공항에서 깨끗한 와이셔츠 하나를

구입했다.

잔뜩 긴장하고 영국입국 심사대에 올라서게 되었다. 여러 질문을 받았지만 생각만큼 빡세게 요구하질 않았고 무난히 통과하게 되었다.

예전에 큰 고모가 나한테 말하길

"진짜 골치 아픈 일 미리 크게 걱정을 하게 되면 막상 그 일을 부딪치고 나면 아무 것도 아니더라." 라고 말씀하셨던 게 기억났다.

생각해보면 진짜 큰 문제는 얘기치 못하게 갑작스레 나타났던 것 같다.

도착한 첫날밤은 미리 인도에서 예약해 놓았던 한인 민박집에서 묵었는데, 훗날 그 집 사장 형과 형수가 내가 영국을 떠나기 전 들렸을 때 말하기를 처음 찾아 왔을 때 표정이 엄청나게 살벌하였고 심하게 경계하는 태도를 보여서 적잖게 놀랐다며 웃으면서 말해 주었다.

그만큼 나의 영국행은 꼭 살아남아서 떠나야겠다는 결의로 가득 차 있었고 또 아수라와 같은 인도에서 빠져나온 지 얼마 안 되었기 때문에 세상에 존재하는 모든 것들을 의심과 경계의 눈초리로 쳐다보았던 걸로 기억한다. 아직도 영국에 들어온 그날 밤을 잊지 못한다. 새까맣게 그을린 얼굴로 당장 나와 말하고 있는 사람도 믿지 못하였으며 다가올 앞날에 대해 몹시 두려워하며 긴장하고 있었다.

이미 영국 땅을 밟는 순간 일자리를 10일 이내에 정해야 한다는 데드라인이 정해져있으며 카운트 다운은 시작되었다. 따뜻한 물에 오랜만에 샤워를 하고 나니 몰려오는 극심한 피로에 지쳐 이내 골아

떨어졌다. 다가올 내일을 위해….

아침에 일어나자마자 사장 형한테 미리 인도에서 대화를 나눴던 게스트 하우스 한곳과 식당의 위치에 대해 물어보았고 런던시내 중심가와 또 한인들이 많이 사는 동네에 대해 알아보았다. 관광할 생각조차 없었으며 아침부터 인터뷰를 보러 분주하게 돌아다녔다. 템스 강과 빅벤 그리고 런던 아이 따위는 내 눈에 들어오지도 않았다.

처음 방문했던 곳은 다운타운에 있는 게스트 하우스였는데 당장의 숙식이 해결이 될 거란 생각에 찾아가 보았다. 그곳 사장과 인터뷰를 보았는데 내 인상이 너무 강해 손님들한테 부담감을 줄 것 같다며 거절당했다.

두 번째 방문한 곳은 한인사회보다 런던 내에서 더 유명하다는 레스토랑엘 찾아갔다. 인터뷰를 보았고 하루 종일 걸어 다녀 피곤에 쌓여 지친 내 모습을 보고 사장이 육개장 한 그릇을 내주었다. 그릇 밑바닥까지 혀로 다 빨아먹었다. 그 모습에 사장이 적잖이 놀랬지만 인터뷰를 진행하였고 흔쾌히 나를 받아주었다. 또 가게 근처에 자신의 삼촌이 살고 있는 집 방 하나를 지금 직원 둘이 쓰고 있는데 그곳에서 생활하라고 했다.

너무 쉽게 숙식 해결은 물론 일자리까지 구해 어안이 벙벙하였지만 크게 기뻤다. 돈도 한 달에 한화로 200만 원 가량 숙소비를 제외하고 따로 준다고 하였다. 그러나 동서고금을 막론하고 인생에서 유명한 진리가 있지 않는가? easy come, easy go 나중에 이야기하겠지만 어쩐지 너무 쉽게 풀렸다.

다음날부터 바로 일을 시작하였다. 시차적응을 못했지만 그런 것 따위는 내가 당장 신경 쓸 게 아니었다. 이 식당은 런던 내 베스트 50위 안에 선정된 식당으로 꽤 유명했고 서비스가 아주 좋고 깔끔했지만 우리들 입맛에는 잘 맞지는 않아 한국 사람들보다는 영국 사람들이 많이 찾아왔다.

일을 한 첫날에는 총리보다 만나기 힘들다는 레드 제플린(Led Zeppelin)의 지미 페이지(Jimmy Page)가 이 식당에서 밥을 먹는 것을 보았다. 이 식당 사장은 바지사장으로 유학시절 영국시민 국적을 가지고 있는 지금의 장모 식당에서 식사를 하다가 여사장을 만나게 되었고 여차저차 해 지금의 자리까지 올라오게 되었다고 한다. 어쨌든 독하게 하였기 때문에 성공한 사람들이다. 종업원들은 한두 명을 제외하곤 대부분 학생이었다. 여사장은 성격이 엄청 예민하고 직설적이라 모든 종업원들이 무서워했다.

학생 비자로 이곳에 와서 일하는 종업원들은 일 하는 것 자체는 합법이었지만 영국에서 정한 법정 노동시간이 일주일에 30시간 정도 되었기 때문에 그들의 생활비를 벌기에는 터무니없이 부족한 시간이었다.

그래서 대부분의 한국식당은 법정 노동시간을 지키지 않는 대신 영국에서 정한 최저시급보다도 훨씬 아래의 시급을 받았지만 일하는 시간이 제한되지 않았기 때문에 온 종일 일할 수 있었다. 이러한 학생들이나 나 같이 관광비자로 와서 일을 한 사람들이나 불법인 건 매 한가지였다.

나는 이 곳에서 하루 12시간을 일했으며 일주일 중 하루는 쉬었

다.

내가 묶었던 숙소는 4평 남짓한 공간에 이층침대 하나 그리고 간이침대 하나를 들여 놓은 구조로 총 3명이 그곳에서 지냈다. 시차적응도 잘 못했고 영국식 영어도 잘 알아듣기 힘들었지만, 악착같이 적응하려고 노력했다.

내가 영국에 체류할 수 있는 데드라인은 2012년 4월 28일까지여서 약 5개월 동안 최소 500만 원 이상을 모아야만 했다. 그래서 체류했던 6개월 내내 돈에 대한 걱정에 이만저만이 아니었다.

다시 식당으로 돌아가서 이야기를 좀 더 하자면 사장부부는 종업원들의 신분을 이용했던 사람들이었다. 어디를 나가서 부당한 대우에 대해 감히 목소리를 내지 못했고 또 다른 곳으로 일자리를 구한다는 게 상당히 어려운 걸 이용했다. 조금의 실수에도 갖은 욕설과 인격모독 그리고 폭행까지 일삼았다. 나 또한 마찬가지로 욕설과 폭력에 노출되어 있었다.

가끔 서러움에 복받쳐 주방으로 기어들어가 설거지를 하며 눈물을 삼켜야 했던 게 비단 나뿐만이 아니었다. 이곳에서 일했던 대부분의 종업원들이 그랬다. 나중에 느낀 건데 내가 영국에서 만났던 악명 높은 한국 사장들은 '이래서 성공 할 수 있구나' 싶었고 같은 한국 사람들끼리 등쳐먹고, 개처럼 부려먹고, 필요 없어지면 버리는 그런 개새끼들이 대부분이었다. 그래서 그런지 부모 도움 안 받고 스스로 자립해가며 힘든 유학생활을 마치고 온 사람들을 보면 감탄을 안 할 수가 없다.

이윽고 어느덧 한 달이 되었다. 고대하던 월급날이 다가왔다. 처음에 사장이랑 면접 봤을 때 한화로 200만 원 정도를 준다고 하였는데 내가 막상 받은 돈은 한화로 80만 원 정도 되는 금액이었다. 황당한 나는 이에 따지기 시작했다. 그러나 처음 했던 이야기와 달리 원래 처음 한두 달은 일을 잘 못하기 때문에 그렇게 줄 수밖에 없다고 하였고 또 내가 사는 곳이 비싼 지역이라 그렇게 할 수밖에 없다는 그런 말 같지도 않는 개소리를 하였다. 이게 불만이라면 당장 나가라며 귓방망이를 얻어맞았다.

이에 한 달간의 서러움이 폭발했다. 그 여사장의 얼굴에 있는 구멍이랑 구멍에 손가락을 넣어 찢어죽이고 싶었으나 소리 지르며 벽을 주먹으로 치는 것 밖에 분노를 표출할 방법이 없었다. 있는 힘껏 소리 지르고 악을 썼다. 직원들이 말렸지만 너무 억울했다.

내가 힘이 없는 사실 자체가 너무 화가 났지만 어쩔 수 없는 현실이 비참했다. 그들이 밟는 대로 밟혀야 했으며, 때리는 대로 맞아야만 하는 이 현실이….

나갔다. 그리고 당장 내일 짐을 싸서 나갈 생각하니 앞이 막막했다. 다른 종업원들한테 당장 잘 곳이라도 부탁을 하고 싶었으나 그들 또한 주인집에서 얹혀사는 처지라 기댈 수도 없었다. 그날 밤 템스 강에 찾아갔다.

밤에 본 템스는 바다와 같이 넓어 보였다. 서러움과 허탈감에 펑펑 울었다. 그러나 운다고 달라질 것 아무 것도 없었으며 당장 내일 준비를 해야만 했다.

숙소로 다시 기어들어가 짐을 다 챙기고 밖으로 나갔다. 한인 타운 근처를 서성였다. 우선 당장 잘 곳이 필요해 이곳저곳 쑤셔보니 방세를 하루치씩 낼 수 있는 집을 찾을 수 있었다. 그리고 생각을 정리한 뒤 딱 일주일반 버티기로 했다. 일주일 안에 일자리를 구하지 못한다면 영국을 떠나기로 했다.

뉴몰든이라는 한인 타운에 자리를 잡았고 그 집에서 일주일간 빵과 우유만을 먹으며 버텼다. 먼저 한인 타운 근처에 있는 식당을 공략하기로 했다. 약 40여 개의 식당을 다 찾아갔다. 그러나 얼마 후 알게 된 사실인데 전에 있던 가게의 여사장이 나의 신상에 대해 한인촌에 뿌렸고 그래서 가는 곳마다 거절당했다. 그 여사장의 부모님이 런던에 정착한 첫 한인 세대였는데 이 사람들이 운영했던 식당이 거의 영국 최초였고 또 이들은 한인사회에서 어느 정도 영향력이 있었던 사람들이었다.

이틀간 한인촌을 배회했지만 일자리를 구하진 못했다. 또 런던 시내 중심가에 있는 십여 곳의 한인 레스토랑에 방문했지만 그곳역시 거절당했다. 내가 한 행동의 대가가 이리 가혹한지는 정말 몰랐다.

그들을 욕하고 저주했으나, 그들의 발끝도 따라가지도 못했다. 정말 무서운 사람들이었다. 갈 때까지 다간 심정으로서 뒤에서 칼이라도 쑤시고 싶었지만 행동으로 옮기진 못했다. 너무 절박했지만 일이 잘 풀리진 않았고 생각한대로 세상이 그렇게 호락호락 하지 않다는 걸 한국이 아니라 이곳 영국에서 뒤늦게 깨달았다. 인도에 있을 때에 비해 상대적 박탈감이 너무 컸고, 힘없는 현실에 무척 화가 나다가도 인정하고 포기하려던 여섯째 날 전 식당에서 같이 일했던 경우 형한테서 연락이 왔다. 한인촌을 배회하고 다녔던 걸 봤다고, 밥 안 먹고 돌아다니는 거 아는데 밥 한끼 사주겠다고 했다.

경우 형과 함께 한 식당에 들어갔다. 들어가는 입구에서부터 사람들이 줄을 서서 기다리고 있을 정도로 장사가 잘되는 곳이었다. 이 집은 점심시간에 갈비탕을 비교적 싼 가격으로 제공을 하여 사람들한테 인기가 많아 언제나 사람들로 북적인 곳이었다. 맛있게 한 그릇 비워내고 주위를 둘러보니 종업원의 수가 부족해 보였다. 계산을 하고 오후 타임이 마감할 때까지 기다렸고, 점심시간이 끝나자 가게에 들어가 카운터에 있는 매니저로 보이는 여자에게 혹시 서빙 하는 사람 구하냐고 물었고 오후 4시쯤 사장이 있으니 그때 다시 오라고 하였다.

제 시간에 맞추어 찾아가 사장과 인터뷰를 하였고 그렇게 일자리를 구했다. 한시름 놓았고 나를 여기에 데려다준 경우 형한테 정말 고마웠다.

그리고 때마침 가게 옆 건물도 사장 것인데, 갈 곳 없으면 그날부터 당장 방에 들어와서 살라고 하였다. 방도 널찍했고 가격도 나쁘진 않았다. 다음날부터 그곳에서 일하기 시작했다.

계약조건이 하루 15시간 일하는 풀타임이었고, 또 일주일 중 하루 풀로 쉴 수 있는 날은 없었다. 일주일 중 이틀 화요일 오전 그리고 일요일 오전만 쉴 수 있었다. 페이는 한화로 200만 원 정도 되었지만, 시급으로 따져 계산하면 5000원도 안 되는 금액이었지만 이것저것 따질 여유 따윈 없었고 그 마저도 감사해야 했다. 하루하루 그날 어디서 자야 할지에 대한 막연한 두려움과 걱정이 단번에 사라졌다. 지긋지긋했던 일주일간의 고난의 행군은 그날 끝이 났다.

5개월간 일만 죽어라 했다. 쉬는 날 나가서 런던 구경도 하고 놀고 싶었지만 그럴 여유 따윈 없었다. 그저 돈만 버는 외국인 노동자에 불과했고 내가 계획했던 유라시아 오토바이 여행도 막연한 꿈만 같이 느껴진 적도 있었다. 그리고 이곳에서 일하다 보면 유학생들이 많이 찾아왔는데 나도 그들처럼 공부를 하고 싶다는 생각이 들었다. 그들처럼 학교 다니며 친구들을 사귀고 싶었고 놀고 싶었다. 식당에 찾아오는 학생들의 얼굴을 보면 그들의 속사정은 모르지만 겉보기에 별 걱정이 없어보여서 부러웠다. 내 유일한 낙은 가끔 던져주는 손님들의 팁으로 일 끝나고 근처 대형마트에 가서 냉동피자와 싸구려 와인 몇 병을 사서 방에서 영화를 보며 먹고 마시는 것이 내 영국생활에서 유일한 낙이었다.

식당 이야기를 하자면 이곳 구성원들은 사장, 사모, 딸 두 명에 의해 운영되는 가족식당이었고 나머지 종업원들은 조선족 김이모, 체류기간 지난 한국인 왕이모, 탈북자 출신 송이모, 네팔 출신 웨이터, 루마니아 출신 설거지 담당 돌쇠, 파키스탄 출신 화롯불 담당 무니. 몽골에서 온 징기스칸과 이름이 같았던 정육담당 테무친까지 여러 국가에서 모인 이들이 힘겹게 아등바등 그날 하루를 버텨만 갔다. 그 식당은 B.B.Q 레스토랑(갈비전문점)이었는데 웃겼던 건 고기를 파는 곳에서 고기반찬을 먹질 못했다는 것이다. 사장이 수전노였다.

배고팠던 우리들은 손님들이 먹다 남기고간 고기를 몰래 주워 먹었고 또 남긴 소주들도 빈병에 몰래 모아 방에 들어가서 홀짝 마셨다. 사장이나 사모가 처음 영국에 정착해서 지금까지 어떻게 살았는

지는 말을 안 해줘도 알 수 있을 것 같았다.

남은 음식 몰래 먹다가 걸리기라도 하면 사장한테 크게 혼났다. 차라리 버리는 게 낫다고 말하는 사람이었다. 한국 같으면 혀를 찰 노릇이었지만, 이곳은 영국이었다. 그러나 이곳에 있던 시간이 그리 지옥만 같지 않았던 게, 일을 마치고 북에서 온 송이이모네 집에 놀러가 말린 북어랑, 고사리를 안주로 소주 한잔 마시면서 그네들이 어떻게 살아왔고 또 어떻게 두만강을 건너서 왔는지에 대해 들을 수 있었고 또 그네들이 한국으로 넘어왔지만 왜 한국을 버리고 영국을 택했는지에 대한 그네들만의 속사정도 들을 수 있었다.

내가 살았던 뉴몰든 지역은 유럽에서 가장 큰 한인사회였고 한국인뿐만 아니라 그 밑에서 기생하는 연변인, 탈북인들이 모여 이상한 계급구조를 형성하였고 불안 불안했지만 한데 뒤섞여 사는 곳이었다. 이 세 그룹의 관계를 보자면 한국인 사장 밑에서 탈북자와 조선족들이 일을 하였다. 웃긴 건 이 세 그룹들은 각각 서로를 싫어했지만 어쩔 수 없는 이해관계에 의해 뭉쳐 있다는 것이었다.

나도 한국에 있었을 땐 이네들에 대해 잘 알지 못했고, 편견으로만 그들을 쳐다보았다. 허나 내가 실제로 이들과 살 부딪히며 살아본 결과 사람마다 다 틀리며, 편견의 잣대로 이들을 비하하고 경멸하는 것은 아닌 것 같다는 생각이 들었다. 또 그즈음 한국에서 오원춘 사건으로 사회가 뒤숭숭했을 때, 이곳 또한 예외가 아니었으며 조선족 사람들은 자신이 마치 오원춘인 양 얼굴을 들고 다니지 못했으며 미안해했다. 죄를 지은 사람이 나쁜 것이지, 그 사람이 속했던 집단 전체가 나쁜 것이 아님에도 불구하고 그들은 연좌제에서 자유롭지 못했다.

내가 살던 옆방에는 연변 출신 아줌마와 그의 딸이 있었다.(딸=J라 지칭한다) J는 내가 이곳에 처음 왔을 때부터 떠날 때까지 나에게 무척 잘해주었고 또 나를 좋아했던 사람이었다. 난 J의 마음을 알면서도 떠나야만 했기 때문에 모르는 척 했고, J가 날 좋아한다는 사실을 이용해 난 적당히 이익을 추구하기도 했다.

J와 그녀의 엄마는 영국에 온지 5년 정도 되었으며, 곧 영주권을 획득 할 수 있었다. 또 영어를 잘해서 내가 알아봐야 했고, 해야만 했던 일들을 옆에서 많이 도와주었다. 아직도 가끔 해맑게 웃으며 교

정기 낀 이를 훤히 드러내며 웃던 그녀의 모습이 생각이 난다. 개인적으로 이 모녀는 참 고마운 사람이었다.

한국이 싫어서 한국 사람들이 싫어서 떠났던 놈인데 결국 의지할 수 있었던 게 한국인이라는 사실이 참 아이러니했다. 또 이러한 현실은 비단 영국에서 뿐만 아니라 다른 나라에서도 나타났다. 피하고 거부하고 싶었는데, 막상 다 털리고 갈 곳 없을 때 그들한테 비벼야만 했던 나약한 내 현실이 참 싫었다.

혼자 똑똑한 척, 잘난 척, 있는 척 다 했는데 막상 까보면 아무것도 없었다. 포장만 그럴듯했지 내용물은 텅텅 비어었던 것이다. 그래서 영국에 체류했던 6개월 동안 이를 바득바득 갈면서 다짐한 게 있었다. 소외 받고 힘 없는 자들을 위한 울타리 같은 역할을 하고 싶다고. 이곳에선 힘 있는 자가 짓누르려고 하면 그대로 짓눌렸고 밟는 대로 밟혔다. 힘 없는 자의 현실을 뼈저리게 느꼈다. 거인에게 소리를 치는 순간 바로 짓눌렸다.

이 가게에서도 전에 일과 비슷한 사건이 있었다. 사장이 내방에 연결된 가스관을 공사한다고 방문을 열고 외출하라고 했다. 그러나 옷장 속 깊숙한 곳에 나의 피 같은 월급들이 들어있어서 또 잠깐의 외출이라 별 대수롭지 않게 문을 잠그고 다녔다. 공사하는 인부를 믿을 수 없었다. 그 방엔 나의 전부가 들어있었다. 외출했다 들어와 보니 방문 짝과 창문이 오한마로 인해 박살이 나 있었다.

나도 세를 지출한 엄연한 세입자인데, 개집 부수듯이 박살이 난 방문 짝을 보고 화가 났다. 뜯겨나간 방문 짝은 내 '존재'였고, 박살 나 산산조각이 난 창문은 내 '자존심'이었다. 눈이 뒤집혀 사장한테 달려들었다. 이건 해도 해도 너무한 거 아니냐고. 일개 종업원의 반항에 성질이 더럽다고 뉴몰든에서 유명한 사장도 눈이 뒤집혀 오함마로 날 찍어 죽이려고 했다. 어차피 잃을 것도, 가진 것도 없었기에 자포자기한 심정으로 나도 칼을 들었으며 같이 죽자고 달려들었다.

엄청난 고음에 놀란 식구들과 종업원들이 달려들어 간신히 뜯어말렸고, 화를 주체할 수 없었던 사장은 가게 창문을 다 박살냈다. 사람들이 내가 사는 2층으로 못 올라가게 사장을 꽉 붙잡았고 나도 그날 밤 방밖으로 나가질 못했다.

그날 밤 나는 박살난 방문을 보고 내가 처한 상황이 참으로 처량하다는 생각이 들어 소리 내어 울지도 못했다. 소리 없이 울고만 있었을 뿐이다. 옆에서 J도 도와주지 못했고 바라만 볼 수밖에 없었던 사실에 미안하다며 울고 있었다.

결국 오늘 하루도 무사히 못 넘겼다. 또 다시 나가야 하는 상황이 반복됐다. 내 자존심은 땅에 처박혔고, 고개를 쳐들어 하늘을 바라볼 힘도 없었다. 이제 그만 해야겠다는 생각이 들었다. 모든 것을 다 버리고 한국에 가야겠다는 생각이 들었다. 그날 밤은 무척이나 길게 느껴졌다.

해가 뜨자마자 짐을 정리해 나갈 준비를 하고 있었다. 그런데 갑자기 사장이 방문을 열고 들어왔다. 이에 나는 자동적으로 칼을 들었는데 자기가 잘못했다고 미안하다며 계속 지내도 좋다고 하였다.

사장 몸에선 술 냄새가 진동을 하였다. 기쁘진 않았다. 다만 막막함이 사라졌을 뿐이었다. 이 소식을 들은 직원들이 올라와 울면서 다행이라고 다독여줬고 못 도와줘서 미안하다고 하였다. 또 사장에게 덤빈 사람은 내가 처음이라면서 덕분에 시원했다고 고마워했다.

그러나 그때 내가 한번 수그리고 그대로 밟혀졌다면 이런 일이 발생하지도 않았고 더 수월하게 나갔을 텐데. 내 알량한 자존심 때문에 모든 일이 그대로 무너질 뻔 했다. 확실한건 아무것도 없었고 안정적인 것도 없었다. 인도처럼 영국에서의 일도 예측할 수 있는 게 아무것도 없었다. 마치 백사장에 있는 모래성과 같았을 뿐이었다.

조건 없는 사랑

당신의 인생에서 가장 중요한 여행은
여행 중 사람을 만나는 여행이다.

-헨리보이

2월말에 한국에 있는 '이륜차 타고 세계여행'이라는 카페의 회원 한분한테서 연락이 왔다. 날 도와주고 싶어 하는 영국 사람들이 생겼다며 조만간 연락이 올 것이라고 하였다. 그 분께서 Horizons unrimited라는 전세계적인 이륜차 여행 사이트에 내 이야기를 올렸고 그에 대한 피드백으로 Coventry에 사는 Mark라는 사람한테 직접 이메일이 왔다.

Mark는 나에게 자신이 예전에 사용했던 헬멧과 라이딩 자켓 텐트 등 필수적인 용품들과 또 영국식 친절함을 베풀어 주겠다며 내가 Coventry에 있는 자신의 집에 오거나 혹은 내가 찾아갈 시간이 없으면 자신이 직접 런던으로 오겠다는 것이었다.

이 때 본격적인 여행준비를 시작하면서 여행장비 구입문제로 골머리를 썩고 있었는데 때마침 Mark한테 연락이 왔던 것이다. 만일 이분께서 안 도와 주셨다면 약 100만 원 정도의 금액을 지출했을 것이다. 그리고 그 주 주말, 사장에게 허락을 맡아 Mark가 있는 Coventry에 찾아갔다.

런던에서 북쪽으로 약 120마일 떨어진 Coventry는 버스로 세 시간 정도 걸렸다. 영국에 들어온 후 처음으로 런던 외 다른 도시를 방문하는 거라서 몹시 신이 나 있었고 나를 선뜻 도와주겠다는 그분은 어떤 사람일지 참 궁금했다.

Coventry 버스 정류장에 도착하자마자 한눈에 Mark를 알아보았다. 푸근하게 생긴 인자한 외모에 머리와 텁수룩한 수염은 백발이었는데 마치 KFC에 나오는 할아버지와 같은 비슷한 인상을 가졌다.

그는 나를 보자마자 환한 미소로

'안녕하세요. 반갑습니다. 환영합니다.'

'Annyeong haseyo. bangab seubnida. hwanyoung habnida'

를 어색한 한국말로 인사해 주셨다.

Mark의 차를 타고 멀리 안 떨어져 있는 Mark의 여행 파트너 Martin의 집이 있는 Warcik으로 찾아갔다. Martin의 집에 가는 동안 Mark는 간략하게 Coventry의 역사에 대해서 알려주었다.

Coventry는 영국 잉글랜드 웨스트 미들랜드 카운터에 있는 도시로 2차 세계대전 이전엔 영국 자동차공업의 중심도시였다. 2차 세계대전 때 독일 공군의 집중 폭격을 받아 3만 명이 사망했으며 그 이후 집중 재개발을 하였다고 한다.

이윽고, 얼마 지나지 않아 Martin의 집에 도착하였다. 처음엔 왜 Mark의 집엘 가지 않는지 의아해 했었는데, 알고 보니 Mark는 몇 년 전 부인과 사별을 하고 난 이후 집에 혼자 있는지라 손님을 초대하기에 좀 부끄러웠다고 하여 가족들과 같이 사는 Martin의 집으로 갔다고 했다. Martin 역시 구글 번역기로 돌린 한국 인사말로 나를 환영했다.

[Urizibe oshinger hwanyoung habnida] [우리집에 오신걸 환영합니다]

Martin과 그의 식구들은 나의 방문을 진심으로 환영해 줬다.

거실 소파에 앉아 이런저런 이야기를 나누었고, 온 가족이 둘러 앉아 내가 여행했던 인도 사진을 보면서 즐거워했다. 이윽고 부엌 뒤에 있는 안마당에 날 데려가더니, 창고에서 짐 한보따리를 꺼내 나왔다. 헬멧, 텐트, 자켓, 바지, 바람막이, 코펠, 버너, 구급케이스, 가방 등등 필요한 만큼 다 가져가라고 했다. 필요한 만큼 물건을 챙기고 나서 갑자기 궁금증이 생기기 시작했다. '왜, 나를 도와주는 거지? 일면식도 없고 심지어 외국인 노동자에 불과한 나에게….' 그리고 물어 보았다. 그랬더니 Mark와 Martin은 간략하게 자신들의 이야기를 들려주었다.

2년 전에 이 둘은 이곳 Coventry에서부터 러시아 블라디보스토크까지 약 22,000km의 거리를 횡단했고 또 그곳에서 미국으로 바이크를 보낸 뒤 아메리카 대륙종단을 했다고 한다. 그 과정에서 길 위 만났던 사람들한테 조건 없는 도움과 친절을 받았고 이에 그 둘은 나중에 자신들이 받았던 호의를 다른 여행자한테 베풀고 싶다고 했는데 때마침 나를 발견한 것이었다. 또 나의 용기와 뭐든지 들이 다 박는 그 무식함에 감명 받았다고 한다. 또 내가 그들의 도움을 받은 첫 번째 여행자라고 했다.

그 후 Martin의 집 앞마당에서 텐트를 치는 방법과 비올 때 불을 지피는 방법 등 캠핑에 필요한 필수적인 테크닉들을 간략하게 배웠다. 그리고 어느새 저녁시간이 되었고 근처 레스토랑엘 갔다. 그 저녁식사 자리에서 Martin은 자신의 딸과 손녀까지 불렀고 식사를 하기 전 기도로 내가 이곳으로 온 운명적인 만남과 또 앞으로 있을 나의 여행에 대해 축복해주었으며, 축하해 주었다.

근 몇 년 동안 누군가가 나를 인간으로서 또 어린양으로서 이렇게 환영해주고 다독여 준적도 없었는데….

한국도 아닌 영국에서 진정 사랑받고 있다는 느낌을 받았더니, 텅 비워져 있던 마음속 깊숙한 곳에 뭐라 형언할 수 없는 뜨거운 것이 심겨진 기분이었다.

식사를 마치고 집으로 돌아와 여자들을 재우고 남자들끼리 본격적인 술판을 벌이기 시작했다. Martin의 집은 마치 bar를 연상시키듯 온갖 종류의 술들로 가득 차 있었고 그의 냉장고에는 전 세계에서 공수해온 치즈들로 가득했다. 그야 말로 보물창고였다. 그날 밤은 정말 잊을 수 없는 최고의 술판이었다.

이런 저런 이야기를 하다가 내 고민을 털어 놓았다. '만약 여행을 무사히 마치고 한국에 돌아가면, 난 갈 곳도, 반겨줄 사람들도 없고, 또 가진 것도 없어서 어떻게 해야 할지 모르겠고 또 막막하다. 또 거기에 군대도 가야하고, 학교도 중간에 그만두어서 이 험난한 세상 어찌 살아야 할지, 생각만 해도 끔찍하다'고 말했다.

이에 Mark가 말하길

"인생은 속도가 아니라 방향이다."

남들과 똑같이 공부를 하고, 생각을 하고, 대부분의 사람들은 세상의 끝이 어딘지도 또 궁금하지도 않고 살다가 그렇게 죽어간다. 그렇게 죽어가는 사람들이 대부분인데 너는 그 끝도 궁금해 했고 또 그 끝에 가보았으니 이미 가슴 속엔 남들이 가지지 못한 '어떤 것'을 품고 있다. 그 '어떤 것'이 무언인지는 잘 모르겠지만 앞으로 세상을 살면서 고난과 시련이 닥쳐도 너만의 방법으로 그 '어떤 것'을 꺼내어 쓸 수 있으니 초조해 하지 말고 두려워 말라. 이미 인생의 나침판을 네가 들고 있으니, 길을 잃거나 잘못 들었다고 생각되었을 때 그것을 사용하면 된다고. 걱정하지 말라고 이렇게 말씀해 주셨다.

당장 두 달 후 나에게 어떤 일이 발생할지, 또 몇 년 후 어떤 삶을 살고 있을지 생각만 해도 막막했지만, 내가 라다크에서 몸소 배웠던 '땅 밑 바라보기'를 지금 이곳, 영국에서 그것을 사용하기로 했다.

대화를 마치고 잠자리에 들면서 나도 나중에 어렵고, 힘든 자들을 도와 줄 수 있는 힘! 그리고 그들을 위해 세상에 소리 칠 수 있는 용기를 가지고 싶었다.

다음날 아침, Mark와 Martin 부부와 같이 워릭 근처에 있는 그 유명하다는 셰익스피어 생가를 방문했고, Coventry에 있는 자동차

박물관을 구경한 뒤 Coventry 버스터미널에 도착해 또 이별을 맞이해야 했다. 헤어지기에 앞서 두 분한테 진한 포옹을 했고, 진심으로 감사한 마음을 담아 '큰절'을 올렸다. 내가 절을 올리자 이분들도 영문도 모른 채 따라 절을 했다.

'이것은 한국에서 인사를 하는 방법 중 윗사람 그리고 아주 크게 감사하다는 의미로 큰절을 한다.'고 설명을 했다.

고작 하루였지만 그 분들한테 받은 사랑과 도움이 너무 커, 내 가슴에 다 담기도 힘들 정도였다. 이에 떨어지지 않는 발걸음을 뒤로하고 손을 흔들며 Coventry를 떠났다. 그리고 이제 말로만이 아닌 본격적인 여행준비에 박차를 가하였고 가장 중요한 나만의 로시난테를 구해야 했다.

떠
남

여행의 목적은 종착이 아니라 떠남에 의의가 있다.

-요한 볼브강 폰 괴테

런던으로 돌아와서 영국에서 바이크를 구입하는 방법 그리고 그 후 필요한 절차에 대해 알아보기 시작했다. 여유돈이 넉넉지 않은 관계로 중고 바이크를 사야만 했다. 싸고 괜찮은 바이크를 구하는 건 '모래사장에서 바늘 찾기'와 마찬 가지였지만 이번만큼은 왠지 이상하게 느낌이 좋았다. e-bay, amazon, gumtree 등 사이트에서 중고 매물을 뒤졌다. 일주일 정도 알아보았고 체크리스트를 적은 다음에 쉬는 날 하루 10개의 매물을 아침부터 저녁까지 보고 다녔다. 9번째 매물을 보고 난 뒤 10번째 매물을 보러 갔다. 10번째 매물은 Suzuki사의 GS500 K-3라는 모델이었는데 한눈에 봐도 상태가 좋아 보였고 시승까지 했는데 상당히 마음에 들었다. 또 가격

또한 850파운드(약 170만원)로 괜찮았다.

킬로수가 4만 킬로를 넘어선 것 외엔 다른 조건들이 충족되어서 단번에 그와 계약을 하였다. 이후 난 이 바이크를 타고 유럽에서 15,000km를 돌아 다녔으나 아무 문제가 없었다. 정말 튼튼하고 믿음직스러운 놈이었다.

끌고 온 바이크는 가게 창고에 고이 모셔두었다. 이 녀석을 타고 한국까지 갈 생각을 하니 기대보다는 걱정이 앞섰다. 바이크를 구입하고 나니 뜬구름 같았던 유라시아 대륙횡단이 더 이상 남일 같지 않았고, 이전보다 구체적으로 꿈을 꾸기 시작했다.

이제 바이크까지 구입한 이상 빼도 박을 수도 없었고, 물러설 수도 없었다. 동쪽으로 무조건 전진해야만 했다. 내가 가야할 동쪽에는 미지의 공간만이 펼쳐져 있었다. 이제 여행 준비에 있어서 필수적으로 해결해야 할 것은 내 명의로 오토바이를 등록하는 것과 보험가입 마지막으로 러시아 비자를 받는 것이었다. J의 도움으로 바이크 양도이전, 보험가입을 수일 내로 손쉽게 끝낼 수 있었으나 영국에서 러시아 비자를 받는 것이 상당히 까다로웠다.

러시아 여행사와 접촉도 해봤고 또 러시아 대사관에 직접 찾아갔지만 당시 영국에서 내가 러시아 비자를 받는 것은 불가능했다. 제3국에서 러시아 비자를 받는 것이 상당히 까다로웠는데 가장 큰 문제는 내 거주지 불명과 영국에서 내 수입을 증명할 수 없다는 문제로 다른 나라에서 알아보거나 직접 한국으로 들어가서 받으라고 하는 것이었다. 나는 영국에서 비자를 받는 것에 대해 포기를 하였고 유럽의 다른 나라에서 알아보고 받을 수 있으면 그곳에서 받으

려고 했다. 훗날 러시아 비자를 못 받았던 문제가 내 여행이 끝날 때까지 계속 따라 다닐 줄은 꿈에도 몰랐다.

러시아 비자를 못 받았지만, 이제 진짜 떠나기만 하면 끝이었다. 주사위는 이미 던져졌으며 이제 다시 시바신과 함께 구체적 계획이 없는 '험난한 집으로 가는 길'로 장도의 여정을 준비해야만 했다. 그리고 비자가 만료되기 3주전에 사장에게 찾아가 일을 그만두었다. 미운 정 고운 정 들었던 사장네 식구들, 이모님들, 선종 삼촌, 상익이 형, 라잔, 경우 형, 돌쇠, Gee, 무니, 광이 무엇보다도 진심으로 내가 행복해지길 원했던 J까지. 이제 그들에게 헤어짐을 고할 때가 진짜 얼마 남지 않았다. 그리고 4개월 동안 살았던 정든 내 방. 편안한 침대와 나에게 안락함을 줬던 따뜻한 전등불. 현재 내가 가지고 있는 편안함과 안락함을 뒤로 제친 채, 어디서 먹고 자야 할지에 대한 원초적인 문제를 곧 만날 것이었다.

인도에서는 '떠남'의 이유가 '도망'에서부터 '구원'을 좇는 과정이었다면, 이번 여행에서는 '떠남'의 이유에 있어 구체적인 건 없었다. 굳이 찾자면 그저 집으로 돌아갈 뿐이었다. 다른 것에 의미 부여할 감정은 없었다.

솔직히 말해서 남들에게 티는 내진 않았지만 마지막엔 정말 런던을 떠나기 싫었다. 이제 막 적응했고 이곳이 한국보다 편하게 느껴질 때쯤 떠나야만 했다. 세상에서 가장 편하고 아늑한 나만의 공간을 버리기 싫었고 또 가족과 같았던 사람들과 이별하는 게 슬펐다.

막판에 갈팡질팡 했던 내 감정을 다잡기 위해 4월 25일 도버 항에서 프랑스 깔레로 가는 티켓을 끊었고 주변사람들에게 떠난다고 떠들고 다녔다. 떠난다고 해서 이곳저곳에서 찾아오는 고마운 사람들이 잦았고, 작고 조촐한 송별회를 자주 하였다. 그리고 얼마 후 Mark에게서 이메일이 왔는데, 북쪽 Cumbria지방에서 제법 규모가 큰 바이크 행사가 있는데 그 쪽에서 날 초대하고 싶어 한다고 한번 가보라고 한 것이다. 그리고 Mark에게 Doncaster에 사는 Steeve라는 사람한테서 연락이 왔는데 그 분이 나를 만나고 싶어 했고 또 그 행사에 나를 데리고 가고 싶어 한다고 했다. 이에 나는 흔쾌히 승낙했다.

이제 진짜 런던을 떠날 날이 며칠 안 남았다. 런던을 떠나기 전에 템스 강에 갔다. 템스 강은 런던의 대표적인 강으로, 서울로 치면 한강과 비슷하였는데 난 그곳이 좋았다. 왜냐하면 처음 영국에 도착하여 일자리를 구하기 전 '무사히 이곳에서 잘 버티기를' 소망했던 곳이었고 또 몇몇 크고 작은 사건이 발생 했을 때마다 템스에서 지친 마음을 혼자 다잡으며 용기를 내었던 곳이기도 했다. 그리고 마지막으로 무사히 출발하고 부디 안전하게 한국까지 잘 갈 수 있게 소원을 빌었다. 런던에 있던 지난 6개월 동안 개같이 일만 하면서 가장 부러웠던 게 이곳에 학생으로 와서 공부를 했던 유학생들이었다.

내 다시 이곳에 오면 안정된 신분으로 이곳을 즐기리라 마음먹었다.

6개월이란 짧은 시간 동안 참 많은 일이 있었다. 일터와 집에서 쫓겨나 일주일 동안 길거리를 배회했던 시절, 일하다가 이민국이 들이닥쳐 이모들과 함께 사다리를 타고 내방에서 숨었던 순간, 북

한 사람들과 술자리를 벌이던 중 김정일의 사망 소식을 들어서 분위기가 어색하다 못해 살벌했던 순간, 사장이 오함마로 날 찍어 죽이려고 했던 순간, 마지막으로 나를 둘러싼 모든 사람들과 있었던 행복했던 순간까지…. 이 모든 일을 잊을 수가 없었다. 런던을 떠나기 전날 "그 동안 잘 있었고 헤어짐의 순간이 아쉬워 이렇게 쪽지 한 장으로 남기고 갑니다. 그동안 감사했어요. 모두 행복하고 평안하시길 바라며…. 다음에 웃으며 꼭 다시 볼 수 있기를 희망합니다." 라는 내용의 편지를 한 장 남기고 몰래 떠나려고 했는데 이를 알아챈 가게 사람들이 떠나기 전날 내방으로 찾아와 한푼 두푼 모은 돈(약 100만원)을 여행 경비에 쓰라며 내 주머니에 넣어 주셨다.

그리고 왕이모(실명을 안가르쳐 주셨다)는 따로 20만원 가까이 용돈을 주셨다. 정말 하루하루 힘들게 사시고 또 이곳에 온 분들 각각 저마다의 슬픈 사연을 가지고 계신 분들인데 그분들의 성의에 보답하기 위해서라도 꼭 살아남아 나중에 이 분들을 뵐 날이 있을지는 모르겠지만 잘 살겠다고 약속을 했다. 최근에 들은 사실인데(2014년 3월) 얼마 전 그 식당에 이민국이 들이닥쳐 당시 내가 알고 있던 대부분의 사람들이 연행되었고 강제추방 당했다고 한다. 그들의 인생에서 평안과 안녕이 깃들기를 멀리서나마 빌어본다.

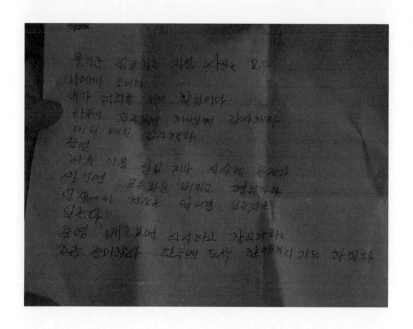

무거운 짐을 지고 지친 사람은 모두 나에게 오너라

내가 너희를 쉬게 할 것이다.

하루가 무사하면 하나님께 감사해라

매일 매일 감사해라.

준영. 하루 이틀 삼일 지나 신상에 문제가 생기면

모든 것을 버리고 편히 가라.

인생에서 건강을 잃으면 모든 것을 잃는다.

준영. 배고프면 식사하고 간식하라고 조금 준비했다.

한국에 도착할 때까지 기도하겠다.

-왕이모-

그리고 다음날 아침.

오토바이에 약 40kg이 넘는 모든 짐을 다 싣고 내가 사랑하는 사람들의 축복을 받으며 또 기리며…. 이렇게 런던을 떠났다. 항상 그랬듯이 떠나는 순간만큼이나 특별한 순간은 없던 것 같다. 떠나는 사람은 그 순간만큼은 멋지고 아름답게 떠나야 한다는 것을 알게 되었다. 모든 헤어짐의 순간이 슬픈 것만은 아니다. 아름다울 때도 있으며 이렇게 내 인생의 가장 아름다웠던 한 순간으로 황금빛 기억으로 그 순간만큼은 죽을 때까지 잊지 못할 것이다.

그렇게 앞날이 어떻게 어떤 모습으로 닥칠지, 어디로 가야할지 모르는 스물다섯의 나는 막막함을 가슴에 지닌 채 스로틀을 힘차게 당겼다. 지금 생각해보면 이때가 내 인생에서 가장 아름답고 멋진 순간이었던 것 같다.

복잡한 런던을 벗어나 Mark가 사는 Coventry에 도착했다. 고속도로를 타고 가서 어렵지 않게 Coventry에 도착할 수 있었다. 그곳에서 이틀을 머물렀고 Mark가 영국여행 일정을 간략하게 짜주었다. 마지막 날 밤 Mark와 이런저런 이야기를 나누면서 밤새 보드카를 마셔댔다. 그리고 기약 없는 만남을 약속하며 3년 후에 꼭 Martin이랑 함께 한국으로 오면 한국식 친절함을 보여준다고 너스레를 떨었다.

다음날 아침부터 조금씩 비가 오기 시작했다. Doncaster에서 나를 마중하러 나온 Steeve를 Buxton이라는 곳에서 만나기로 했고, Mark가 나를 Buxton까지 데려다 준다고 나섰다. 출발할 때 비가 조금씩 밖에 안 왔기 때문에 우의를 안 입었다. 그러나 시간이 지날

수록 빗방울은 상상을 초월할 정도로 뼈까지 시리게 했다. 장갑, 부츠 등등 모든 것들이 젖어서 그런지 앞서 있는 Mark를 좇아가는 것조차 힘들었고 몇 개의 언덕을 지나고 나서부터는 내가 꿈을 꾸고 있는지, 살아있는지 조차 인지를 못할 정도로 체력이 급격히 저하돼 있었다. 울며 겨자 먹기 식으로 어금니 꽉 깨물고 젖 먹던 힘까지 내 Mark의 꽁무니를 뒤좇았고 마침내 Buxton에 도착하였고 곧 Steeve를 만났다.

Steeve는 Mark가 ABR(Adeventeure British Riders)에 내 사연과 블로그를 올린 것을 보고 만나고 싶고 도와주고 싶어서 Mark한테 연락을 했다고 한다. 대형 슈퍼마켓 앞에서 젖은 부츠의 물기를 다 빼고 거기에 비닐봉지를 넣고, 젖은 장갑 안에 고무장갑을 끼워 넣는 등 간단한 응급조치를 하였다.

따뜻한 커피 한잔을 마시며 젖은 몸을 녹였다. 그리고 나의 유라시아 횡단에 있어 그 출발 자체를 도와주었고 진심으로 축복하였던 Mark와 헤어질 시간이 다 되었다. 우리는 서로 말없이 끌어안았다. 그리고 그는 내 머리를 쓰다듬어주면서 말했다. "할 수 있어. 그리고 행복해라." 그는 뒤도 안돌아보고 저벅저벅 바이크를 향해 걸어갔고 이내 시동을 걸고 떠났다. 떠나는 그를 보면서 나는 큰절을 올렸다. 나중에 Steeve가 얘기해준 사실인데 그는 나와 포옹을 할 때 눈물을 흘렸다고 한다. 이후 줄곧 Mark는 내 여행에 끝까지 관심을 보였으며 내 군생활까지 궁금해 했고 종종 이메일로 내 안부를 물었다. 2015년에 나를 보러 Martin과 함께 한국에 찾아오기로 했다.

Mark와 헤어지고 두 시간 정도 걸려 Steeve의 집이 있는 Doncaster에 도착하였다. 집에 도착하자마자 그의 아내인 Jane이 나와 반겨주었고, 나는 흠뻑 젖은 생쥐 꼴로 그들 집에 들어갔다. 인도에 있을 때 가끔 쏟아지는 소나기를 만났던 걸 제외하곤 그날처럼 하루 종일 비를 맞은 채 라이딩을 한 것이 이번이 처음인지라 비를 맞고 라이딩을 하는 것에 대해 위기의식을 못 느꼈고 또 두려워하지 않은 나머지 호되게 당했다. 체온 보호부터 팩킹까지. 머리끝부터 발끝까지 모든 것이 젖었고 또 가지고 왔던 텐트부터 침낭까지 모든 것들이 젖었다.

만일 Mark 없이 혼자 갔더라면, 또 그날 Steeve의 집에서가 아닌 밖에서 캠핑을 할 수밖에 없었더라면 하는 생각에 끔찍했다. 그리고 이 경험을 토대로 이후 모든 여행에서 언제라도 비가 온다는 가정 하에 완벽하게 대처하려고 노력했다.

씻고 나서 그들과 식사를 했을 때, 그들 부부에게 우중 라이딩 그리고 팩킹에 대한 전반적인 것들에 대해 배웠다. 경험이 없으면 주변 사람들의 말부터 들었어야 됐는데, 나는 안일한 사고로 직접 몸으로 부딪혀야만 뒤늦게 깨닫는 청개구리와 같은 놈이었다. 또 그날 알았던 사실인데 영국은 4월이 장마기간이라고 하였다 어쩐지 영국을 돌아다녔던 일주일 내내 비를 맞아야만 했다.

Steeve와 Jane 부부에 대해 말하자면 이들은 딸이 웨일즈에 있는 대학교에 다닌 이후부터 틈날 때마다 근처로 오토바이 여행을 떠났고 간헐적으로 국외 여행을 다녔다고 한다. 최근에 다녀온 곳은 모로코였는데 사하라 사막 초입까지 약 한달간 오토바이로 여행

을 다녔다고 한다.

이들이 나를 초대해주고 또 도와줬던 이유는 앞서 Mark와 Martin 의 경험과 비슷하듯, 모로코 여행 때 유목민들의 도움을 많이 받았 고 그 이후 기회가 된다면 '여행자'를 도와주고 싶었다고 한다. 또 그 여행자의 1호가 나였다고 한다. 그들의 호의로 따뜻한 밤을 보 냈고 다음날부터 그들 부부와 함께 3박4일 동안 같이 여행을 다녔 다.

우리가 갈 곳은 Cumbria 지방의 Lake district였으며, 그곳에서 약 100명의 라이더들이 집결해 랠리를 벌이는 곳이라 하였다. 다 음날 아침 Steeve가 비올 것을 대비해 직접 팩킹을 해주었고 자신 이 가지고 있는 코팅이 잘되어 있는 방수 팩을 여러 개 주어 캠핑 에서 가장 중요한 침낭과 텐트를 겹겹이 쌀 수 있었다. 그 외 라이 딩 부츠와 장갑을 비올 것에 대비해 어떻게 코팅을 하는지 알려주 었다. 출발할 때부터 비가 조금씩 내리기 시작하여 불길하였으나 이들 부부의 표정은 밝았다. Cumbria에 도착하기까지 온종일 비 와 바람에 노출되어 있었다. 내가 추위로 인해 잘 쫓아가지 못할 때 이들은 나를 배려해 천천히 가거나 자주 쉬어 주었고 나는 너무 추 운 나머지 쉴 때 마다 엔진에 손을 올려 얼어붙을 것 같은 손가락 을 녹였다. 그런 반복을 수없이 하면서 겨우겨우 따라가며 겨우 목 적지에 도착했다. 도착하니 수많은 라이더들이 이미 자신의 자리를 잡고 텐트를 치고 있었으며, 먼저 친 사람들은 나머지 사람들을 도 와주고 있었다. 나의 텐트는 Steeve Jane 부부 텐트 옆에 나란히 자리를 잡았다.

텐트를 치고 나니 해가 져 있었다. 마침 이들 부부가 파스타를 만들어서 함께 먹었다. 다 먹고 배가 부른 상태로 한 바퀴 캠핑장을 돌아다녔는데 이곳에 있는 대부분의 사람들 또한 파스타를 먹고 있었다. 한국 사람들이 캠핑을 할 때 가장 쉽고 간단히 먹을 수 있는 요리가 라면이라면, 유럽 사람들에겐 파스타였다. 면을 넣고 삶아 남은 물을 버리고 그 위에 소스만 넣으면 끝이었다.

이 위대한 발견을 한 이후 앞으로 3개월 내내 주구장창 파스타만 먹게 될 줄은 꿈에도 몰랐다. 밤에는 회원들이 모여 모닥불을 켜놓고 여행 설명회 겸 신입생 환영식으로 내가 사람들 앞에서 인도 여행과 앞으로 여행일정에 대해 말했다. 그 후 조촐한 술 파티가 이어졌고 Jane과 나는 단둘이 앉아 이런저런 얘기를 하고 있었다. 밤하늘에 뜬 별이 많았는데 Jane이 그걸 보고 오늘밤은 추울 테니 단단히 무장하고 자라고 하였다. 내가 여행하면서 밤하늘을 보고 다음날 날씨를 어느 정도 예측할 수 있는 것도 Jane에게 배웠다.

Jane은 Steeve를 만나 결혼하기 전, 호기심이 많았고 세상 이곳저곳을 여행했다고 한다. 또 어릴 적부터 바이크를 좋아해서 그녀의 아버지와 마찰이 심했다고 한다. 그래도 그녀는 하고 싶은 것을 했기 때문에 지금의 남편을 만나 행복하게 산다고, 지금 죽어도 후회 없는 인생이라고 말했다.

그녀가 말하길 자신의 존재의 근원 즉, 부모를 뛰어 넘어설 때부터 온전한 자신을 알 수 있다고 자신의 철학을 나에게 설명해 주었다. 그녀의 이야기를 듣고 곰곰이 생각해 보았을 때 나는 과연 내 존재의 근원을 뛰어넘어 섰나? 하고 스스로 물어보았는데 내 '타'는 그렇다고 대답하였고, '아'는 아니다 라고 답했다. 아가 맞았다. 존재의 근원을 부정하고, 피하였을 뿐 뛰어 넘어섰던 것은 아니다. 아직도 도망치고 싶어 하는 '아'의 성향이 남아 있는 것 같았다.

Jane과 이야기를 하던 도중 Steeve가 보드카를 들고 오더니 한 잔 따라주었다. 그러고 나서 그가 하는 말이 "다음에 영국에서 일을 할 땐 합법적으로 해야 한다." 라고 말했다. 이에 놀란 내가 어떻게 알았냐며 물어보았고 그는 블로그를 번역기로 돌렸고 다 읽어 보았다고 한다. 이어 "괜찮아. 난 오늘만큼은 경찰이 아니니깐. 나쁜 사람들 만나서 고생했다."며 어깨를 두드려 주었다.

딱히 뭐라 말로 표현은 안했지만 고개 숙여 이들 부부에게 감사함을 전했다. 세상이 넓은 만큼 참 따뜻한 사람들이 많은 것 같다고 생각했다. 앞서 Mark와 Martin 그리고 Steeve Jane 부부가 나한테 도와주며 했던 공통된 말들은 앞으로 제2, 제3의 네오노마드가 내 앞에 나타날 때, 똑같이 그들에게 도와주면 될 것이고 그것이면 충분하다고 하였다. 내가 한국으로 돌아와 다른 도움이 필요한 여행자들을 만나서 도와줄 때 항상 이 사람들 이야기를 했고 앞으로도 그럴 것이다.

이렇게 약 3일 동안 이들 부부와 함께 하면서 북부지방 구석구석을 돌아다녔고 또 캠핑, 라이딩 기술들을 배웠다. 그리고 그들과 헤어지면서 받은 것에 대한 감사함을 말뿐이 아닌 행동으로 갚을 것이고 만일 못 갚는다면 언젠가 내 앞에 나타나 도움을 요청한 사람이 있으면 그들을 기쁘게 맞이하겠다며 약속을 했고 정말 고맙고 감사하다며 포옹하고 그렇게 떠났다. 그리고 런던으로 돌아와 이틀 동안 재정비를 하였으며 일주일간의 여행 동안 뼈저리게 느꼈던 추위와 방수에 대한 근본적인 대책을 세웠다. 꼭 필요한 물건들만 챙겼고 그 외 나머지 것들은 버렸다. 예전 인도에서 어느 여행자가 나에게 이런 말을 했다.

"사람들이 인도에 왔을 때 그들 전생의 죄의 정도를 알아 볼 수 있는 방법이 있는데 그것은 여행자의 배낭무게로 보면 알 수 있다"고 하였다. 그 사람 말대로 전생과 현생에서 지은 죄들이 많아 그런지 몰라도 내 짐은 언제나 항상 무거웠다. 그래서 속옷 두벌, 티 두벌, 바지 한 벌을 제외한 나머지 모든 것들을 버렸고 필요하면 그때 사기로 했다. 멀리 갈려면 최대한 가볍게 하고 가야만 했다.

다음날 새벽 일찍 출발해야했기 때문에 일찍 잠자리에 들었지만, 잠이 쉽사리 오지 않았다. 인도에 가기 전날 밤과 비슷한 심정이었다. 런던에서부터 블라디보스토크까지 약 22,000km, 이 지구 반 바퀴의 거리를 무사히 잘 지나갈 수 있을까? 아니 바로 내일 당장 프랑스에 도착하면 어디에서 자야 할 지? 프랑스를 벗어나면 어디를 가야 할 지에 대해 한치 앞도 보이지 않는 상황에서 다시 또 막막함의 먹구름이 몰려와 비를 뿌리기 시작했고, 그 막막함의 비는 모이고 모여 막막함의 바다를 이루었다. 내일 당장 눈을 뜨면 난 또다시 미지의 세계를 달려야만 했다. 여행의 목적도, 종착도 없이 다만 달릴 뿐이다.

인도에서 용서라는 구원의 열매를 얻었다면, 유라시아 대륙에선 무엇을 얻을지 잘 모르겠다. 그러나 훗날 여행을 마치고 '얻음'에 대해 생각해 보았을 때, 난 '얻음'이 없었다. 다만 비워져 있었을 뿐

이었다. 여행의 목적은 자신을 비우는 데에 있었다. 그리고 난 이미 여행 1막, 2막에선 살아남았으며 결과론적으로 봤을 때 승리자였다. 제 3막에서만 잘 마치면 내가 쓰는 유라시아 역사에서도 승자로 남겨질 것이라는 착각이 들었다. 절실함을 최고의 무기로 모든 역경과 난관을 무식하게 부딪쳤으며, 부딪히는 과정 중 파생된 '인연'들의 도움으로 잘 이겨냈다. 사람들한테는 스스로 이겨냈다고 건방떨었지만 실은 혼자서 한 게 아무 것도 없었으며, 사람들을 싫어한 척 했으나 사람들을 그 누구보다도 그리워했다. 내가 했던 모든 행동들은 '반증'이었다. 사람을 떠났지만 만났고 상처받았었지만 사랑받았다. 그리고 내일 눈을 뜨면 새로운 세계가 펼쳐질 것이다. 정말 지긋지긋했고 꿈만 같았던 또 그리운 영국이여 이제 안녕이다. 다시 웃으며 만날 수 있기를 희망하며 그날 밤 영국에서 마지막 자위를 했다.

내가 마치 이곳에 존재 했던 흔적을 남기려고 한 것 마냥.

사람은 주사위와 같아서
자신을 인생 속으로 던진다.

장 폴 사르트르

4장

유라시아

EURASIA

주
사
위

주사위는 이미 던져졌다.

-율리우스 카이사르

2012년 4월 25일, 아침 일찍 도버(Dover)항에 갈 채비를 하였다. 그런데 숙소에서 나와 짐을 다 묶고, 스로틀을 당기는 순간부터 하늘에서 비가 내리기 시작했고 덕분에 출발할 때부터 기분이 을씨년스러워 좋지 않았다.

섬에서 벗어나 이제 본격적으로 유라시아 대륙에 첫발을 내 딛는 순간부터 비라니…. 이후 거의 모든 여정에 있어서 비는 싫지만 피할 수 없고 항상 내 등 뒤에서 따라다녔던 스토커 같은 존재였다. 세 시간을 달린 끝에 도버(Dover)항에 도착하였고, 출국 수속을 끝낸 후 프랑스 깔레(Calais)행 페리에 탑승하였다.

6개월 동안 머물렀던 땅을 뒤돌아보며, 또 앞으로 다가올 새 땅에

두려움 반 설레임 반 마음으로 제법 비장한 각오를 새겼으나 세 시간 동안 비를 쫄딱 맞아서 그런지 몸엔 기운이 없었고 그 비장한 각오마저 금세 피곤함으로 바뀌어 버렸다. 그리고 불현듯 찾아온 원초적인 생각.

"당장 오늘 밤 어디에서 자야 하나." 그렇다. 아무 생각도, 계획도 없이 장도의 여정에 올라 선 것이었다. 오직 목적지만 있을 뿐.

그곳에 도착하기까지 어디를 거치며 또 무엇을 봐야할지 아무것도 정하지 못하였다.

젖은 양말과 팬티를 선체 내부에 있는 화장실에서 물기를 짜내고, 휴지 한 통을 다 써가며 섬나라에서 맞은 빗물들을 다 닦아냈고 얼마 지나지 않아 벌써 프랑스 깔레에 도착하였다. 입국 수속을 마친 후 어디로 가야할 지에 대한 그 막연함이 밀려왔고 그 막연함에 응수해야만 했다. 내가 프랑스에 대해 아는 것이라고는 파리, 에펠탑, 베르사유 궁전, 루이 14세, 잔다르크, 백년전쟁 그리고 영화 택시의 감독인 릭 뵈송과 그 배경 무대인 마르세유 정도밖에 없었다.

선내에서 구입한 미슐랭 유럽지도를 펼쳐보았다. 깔레에서 파리까지 약 300km 떨어져 있었고 내가 아는 유일한 지명이었다. 그리고 그곳에 가야겠다고 생각을 했으나 시간은 이미 오후 세 시가 지나 있었으므로 프랑스에 도착한 첫날밤을 이곳 근처에서 보내야만 했다. 여행 첫날부터 야영이 아닌 실내에서 보내고 싶진 않았지만 영국에서 너무 비를 많이 맞았고 또 이곳에서도 비가 살짝 내리고 있었으므로 스스로를 다독여 따뜻한 곳에서 보내기로 타협했다.

먼저 깔레 주변 이곳저곳을 돌아다녔다. 시골 마을이라 그런지 의사소통이 제대로 원활하게 되진 않았으며 저렴한 숙소 또한 찾기가 쉽지 않았다.

난감했으나 어디로든지 가야만 했다. 그러나 불현듯이 예전 Mark가 유럽에서 여행했던 방식이 떠올랐다. 그는 유럽에서 목적지를 정할 때 주사위를 돌려가며 정했는데, 주사위의 각 육면에 나라 이름 또는 도시 이름을 적어서 굴렸다고 했다. 목적지를 정하기에 애매한 순간마다 주사위의 힘을 빌렸다고 한다.

깔레 주변의 여섯 개 소도시 이름을 차례차례 적은 뒤 주사위를 던졌다. St. Omer라는 작은 마을이 나왔고 고민할 겨를 없이 그곳을 향해 스로틀을 당겼다. St. Omer에 도착하니 깔레보다 비교적 저렴한 숙소들을 찾았고 그 중에서도 아침식사와 와이파이가 터지는 곳을 골라 하룻밤을 보냈다.

그때 알게 된 사실인데 4월말 프랑스에서는 밤 8시가 넘어서도 해가 지지 않는다는 것, 덕분에 이동할 수 있는 시간이 더 늘어날 수 있어서 좋았다.

젖은 옷과 부츠를 말리기 위해 신문지를 구해 부츠안과 옷 안속에 구겨 넣었고 라디에이터에 젖은 장갑과 속옷들을 올려놓았다. 그리고 담배 한 대를 피우러 나갔는데 카운터에 앉아 있는 흑인 직원에게 내가 알지 못했던 프랑스에 대해 이것저것 물어보았다. 기본적인 인사말과 길을 찾을 때 쓰는 표현, 숫자 등등 프랑스 여행시 가장 필수적인 회화를 적어 받았다.

저녁 식사 뒤 노트북을 켜 인터넷 서핑을 하던 중 총 세 군데에서 연락이 온 것을 확인하였는데 그 중 두 군데는 파리에서 내 여행기를 보고 연락을 주셨던 한국 사람들이었고 나머지 한곳은 고등학교 친구로 Tours라는 지방에서 유학생활을 하고 있던 조재형이라는 친구였다. 잠 잘 곳이 없는 막연함에서 해방되는 기분이랄까? 뜻밖의 소식에 파리에서도 또 그 밑 남쪽지방에도 갈 곳이 생겨 기뻤다.

지난번 인도 여행 때는 한국 사람들을 일부러 피했고 혹 도움의 손길도 거절했던 게 대다수였는데 지금은 피하고 자시고 의심도 없이 무조건 그 손길을 잡을 수밖에 없었다. 다른 세상 한복판 위에 서 있던 것이라 처음 히말라야에 기어 올라갔던 느낌과 비슷하였다. 인도에서는 깡다구 하나로 미지의 세계를 돌파했다고 스스로 생각했지만 돌이켜보면 그곳에서는 피치 못해 숙소를 구하지 못한 몇 번을 제외하고는 숙식에 있어서의 비용은 아주 저렴했기 때문에 금전적인 면에서 전혀 문제가 될 게 없었지만, 유럽은 달랐다. 전략이 필요했던 것이다. 만약 인도에서처럼 감정의 흐름을 따라 이동을 한다면 러시아 땅을 밟기도 전에 여행경비가 바닥이 날 것이라는 생각이 들었다.

출발 전 여행계획을 세우지 않았던 것에 대해 곧 후회가 몰려왔지만, 난 내일의 계획은 여행이 끝나는 순간까지도 짜지를 않았다. 계획 짜는 데에 있어서 게을렀던 것이다. 그 습관은 이 여행의 결말을 예고하기도 하였다.

'생각대로 살지 못한다면, 사는 대로 생각하면 된다.'라는 생각을 하며 내 게으름에 대한 핑계를 댔지만 무계획에서 나오는 급작스런 상황과 또 그 상황에 대한 '대책 없음'에 대한 막막함의 대가는 혹독히 치러야만 했다.

프론트 직원의 핸드폰을 빌려 우선 재형이에게 전화를 걸었고 다음날 찾아간다고 약속을 했다. St. Omer에서 Tours까지 약 600km였다. 고속도로를 이용하면 7시간이면 충분히 갈 수 있을 것이라 생각했는데 그것은 큰 착각이었다.

다음날 아침 일찍 일어나 미슐랭 지도를 살펴보고 Tours까지 가는 중간도시들을 체크했다. 하늘을 쳐다보니 날씨는 맑았고 몸 컨디션도 좋았다. 이내 짐을 싣고 Tours를 향해 스로틀을 댕겼으나 St. Omer를 벗어나 메인 고속도로를 타기 전까지 한동안 헤맸다. 유럽에서는 우리나라와 달리 이륜차가 고속도로를 통행 할 수 있었다. Tours를 향해 거침없이 달려 나갔으나 내 머릿속 계산과 달리 생각보다 시간이 오래 걸렸다. 분명 시속 100km를 달리고 있는데도 실제 100km를 지나는데 한 시간 이상이 소요되었고 또 그 이상이 걸린 적도 많았다. 소변 보는 시간도 아끼려고 연료 부족 경고등이 뜨기 전까지 달렸다.

Tours를 100km 앞에 두고 휴게소에서 잠시 쉬었고 그때 시간을 확인해 보니 저녁 8시가 넘어 있었다. 핸드폰이 없었기에 영어 잘하게 생긴 사람한테 양해를 구해 재형이한테 전화를 걸어 10시 안에 도착할 테니 뚜르의 중앙역에서 보자고 하였고 만약 10시안에 도착을 못하면 무슨 일이 생긴 것이니 그렇게 알고 알아서 찾으라고 통보 한 뒤 달렸다. 9시가 지나자 이내 캄캄한 어둠이 찾아왔고 Tours 이정표만 보고 나는 계속 달려만갔다. 마침내 10시 30분

이 지나 Tours에 도착하였고 행인에게 묻고 물어 기차역을 찾아 도착할 수 있었다

기차역 중앙광장에서 바라보는데 동양인으로 보이는 인물들은 없고 죄다 흑인들만 있어서 적잖게 당황했던 찰나에 멀리서 내 이름을 크게 부르는 소리가 들렸다. 세상에서 가장 듣기 좋은 반가운 소리였다.

옆을 바라보니 재형이가 달려오고 있었고 우리들은 와락 끌어안았다. 약 3년 만에 재회한 것이다. 대전광역시 서구 갈마동이 아닌 프랑스 Tours에서 서로를 보니 엄청 신기해했다. 근처에서 케밥을 먹어치우고 재형이가 사는 기숙사로 갔다. 씻고 나서 재형이가 컵라면과 소주팩 한 개를 제공하였다.

이날 나는 세상에서 가장 맛있는 라면과 술을 먹었고 새벽 다섯 시까지 떠들다 잠들었다. 나는 재형이가 사는 기숙사에서 약 5일간을 지냈는데 비가 내내 내려 거의 방안에만 있었다. 창문을 열어 밖을 바라보면 공동묘지가 보이는 꽤 음산한 분위기를 가지고 있던 곳이었다.

재형이는 내가 영국에서 보았던 유학생들과 달리 한인들과 안 어울렸고 현지 친구들과 어울려서 그런지 유학생활 1년만에 불어를 아주 능숙하게 구사할 수 있었지만 많이 외로워했다. 그래서 그런지 나랑 지냈던 5일 동안엔 입에 모터를 단 듯 쉴 새 없이 떠들어댔다. 이 친구 덕분에 아주 푹 쉬었으며 오랜만에 실컷 욕도 하고 떠들어서 그런지 앞날에 대한 불안감과 두려움은 들지 않았고 '현재'에 충실하였고 그 순간만큼은 즐겼다. Tours를 떠나기 전날 밤 재

형이와 막연한 앞날에 대해 제법 진지하게 대화를 나누었다. 그 당시 우리는 모두 불안한 존재였다. 재형이는 대학 졸업 후 다가올 '앞날'에 대해, 나는 당장 내일 앞에 찾아올 '앞날'에 대해…. 서로 고민하고 두려워하는 방향은 달랐지만, 보이지 않는 시커먼 터널 속을 거닐고 있다는 느낌 만큼은 같았다. '불안'이라는 본질은 같았던 것이다. 그러나 그 당시 우리는 앉아있는 데에 국한하는 것이 아닌 앞으로 걸어 나갔고, 생각만 하는 게 아니라 행동을 했다. 비록 그 행동의 모습도 달랐고 방향도 달랐지만, 우리는 실천했다. 그것이 방에서 인터넷만 하며 키보드로 행동하던 몽상가들과는 달랐다. 우리는 아파했고 두려워했으나 무식한 리얼리스트였다.

지금 현재(2014년 6월) 그렇게 고민했고 두려워했던 재형이는 지방대라는 핸디캡에도 불구하고 자신의 장점을 살려 대기업에 입사를 했고 또 자신만의 길을 새롭게 개척해 나가는 중이다.

Tours 이후 나는 나에게 연락을 줬던 사람들의 집이 있는 파리에 가기로 했다. 우선 내가 영국 여행을 하고 있을 당시 블로그를 통해 연락을 주었던 한국 여자 집에 먼저 들리기로 했다. 아침 일찍 일어나 짐을 다 싣고 번지라고 불리는 고정 역할을 하는 줄을 뒷좌석에 고정시키는 중 잘못 묶어 번지가 튕겨나가는 바람에 내 얼굴 한쪽을 후려쳤다. 거울을 통해 얼굴을 비춰 보니 뺨 한쪽에 칼 맞은 듯한 상처가 나 있었고 피가 턱 아래까지 흘러내리고 있었다.

나는 출발하기 전 짐을 싣는 과정 중 오토바이를 넘어뜨린다던지 혹은 그 과정에서 백미러가 깨지는 등 이런 일들이 발생 했을 때는 재수 없을 일이 생길 거라는 안 좋은 예감이 들어 그 자리에서 하루

를 그냥 머물러 있는 것이 내 인도 여행의 철칙이자 내가 만든 징크스였다. 그러나 난 내가 만든 규칙을 깨고 파리를 향해 떠났다. 파리에 도착하기 전까지는 문제없이 잘 찾아갔었는데 파리 시내에 진입하고 나서는 그녀가 적어준 주소를 찾는데 꽤 애먹었다. 내비게이션이 없었기 때문에 사람들한테 물어봤고 결국엔 찾아가는데 성공했다.

그녀가 사는 동네 근처에서 멀쩡해 보이는 청년에게 말을 걸어 핸드폰을 빌렸고 전화를 거는데 갑자기 누군가가 뒤에서 나의 어깨를 건드렸다. 뒤를 돌아보니 뭔가 불량해 보이는 흑인이 새하얀 이를 드러내며 웃고 있었고 그 흑인 뒤에는 나보다 덩치가 큰 일행이 두 명이 더 있었다. 그 흑인은 다짜고짜 나에게 돈을 달라고 하였고 돈이 없으면 스마트폰이라도 달라고 했다.

딱 보기에도 내가 이 셋을 상대할 수는 없었으며 그들의 풀린 눈깔을 보니 재수 없으면 이놈들한테 맞아 죽겠구나 싶었다. 나에게 핸드폰을 빌려줬던 백인 청년은 이미 도망갔으며 그 공원에선 나와 이 세 놈들뿐이었다. 돈이 없다는 제스처를 취하니 그들은 나를 후려쳤고, 패 댕겨 쳤다. 그리고 개같이 밟혔다.

이 세 놈들에게 두들겨 맞는 동안 출발 전의 '징크스'가 떠올랐고 '출발하지 말 걸'이라는 생각만 들었다. 맞고 있던 중 공원 앞 카페의 종업원이라고 추정되는 아랍인이 소리를 지르며 몽둥이를 들고 달려와 준 덕분에 이 세 사람은 도망갔다. 이 아랍인의 도움으로 큰일은 다행히 발생하지 않았다. 맞아서 억울한 것보다 내가 만든 규칙을 깼다는 것에 대한 후회가 더 컸다. 이 일 이후로 출발 전 내가 느끼기에 기분 안 좋은 전조가 보이면 난 다시 짐을 풀고 그곳에서 하루를 더 머무는 행동을 절대적으로 실천하였다. 아랍인에게 폰을 빌리고 만나기로 한 그녀에게 전화를 다시 걸었고 마침내 그녀를 만날 수 있었다.

솔직히 말하자면 그녀를 만나기전 나는 음흉한 생각을 가졌다. 그런 생각을 가지면 안됐는데 혈기 왕성하고 건강했던 20대 청년에겐 그녀의 호의를 통해 여행지에서의 낭만을 꿈꾸었고, 하룻밤 사랑까지 생각했다. 그러나 다행히 그녀는 내 취향이 아닌 귀엽고 아담한 스타일이라 보는 순간 음흉한 생각을 깨버리긴 하였지만 지금 생각해보면 그런 행동을 하진 않았지만 그런 상상을 했던 나 자신이 참 부끄러웠다. 어떤 이유도 정당화 할 순 없었다. 난 그녀의 방에서 3일간 머물렀으며, 낮에는 그녀와 함께 파리의 유명한 관광지를 돌아다녔었다.

그녀의 집을 떠나기 전날 밤 그녀와 맥주를 마시며 이런저런 이야기를 하던 중 그녀가 대뜸 나에게 고맙다고 했다. 파리에 온 후 누군가랑 이렇게 이야기를 오래 한 적은 처음이었을 만큼 파리에서의 생활은 지독히 외로웠고 그만큼 사람냄새를 그리워했다고 한다. 그녀는 자라면서 받았던 상처들이 커가면서 곪고 곪아 터지는 순간 한국을 떠났던 청춘이었으며 떠나기로 결심한 이유는 달랐지만 도망친다는 의미에서는 나와 같았다. 그녀 또한 자신을 둘러싸고 있던 안전한 울타리를 과감히 벗어던지고 떠났다.

이렇듯 내가 길 위에서 만났던 사람들은 각자의 이야기를 가지고 있었고 또 떠남에 있어서도 이야기를 가지고 떠났던 사람들이 대부

분이었다.

　떠나기 전 나의 삶에서 내가 타인의 상처를 들었을 땐(그 상처가 나의 상처보다 작다는 생각에) 같잖다고 생각한 적이 많았다. 그러나 점점 이런 사람들과 속내를 꺼내 이야기를 하면서 세상 사람 누구나 각자의 이야기가 있고 또 상처가 있는데 떠나기 전의 나는 내 상처만 생각했고 내가 세상에서 가장 아프다는 생각만 했고 다른 사람이 가진 상처는 별것 아닐 거라는 생각만 했는데 그것은 아주 큰 착각이었다. 상처의 크기와 고통은 상대적이며, 개인이 그 상처를 혼자 끊어내지 못한다면 아마 그 사람은 평생 그 상처의 굴레에서 벗어나지 못할 것이다. 누군가가 나이가 들고 시간이 지나면 그 상처에서 자연스레 해방될 것이라 하는데 그것은 해방이 아니라 무뎌질 뿐 인간은 절대 자신의 상처를 완전히 없앨 순 없다. 다만 연고를 바르고 반창고를 붙여서 가릴 뿐 그곳을 다시 건들면 아픈 것이 상처다.

　이렇게 사람들을 만나면서 조금씩 개인이 가진 이야기를 나누면서 서로 치료하고 있다는 것을 여행이 길면 길어질수록 조금씩 알게 되었다.

　그녀와 서로가 가진 아픔에 대해 이야기를 하면서 마지막 밤을 보내고 그녀의 집에서 멀리 떨어지지 않는 곳에서 사는 나를 초대해준 두 번째 사람이 사는 집으로 찾아갔다. 그는 미술유학생활 중 가정을 꾸려 현재 프랑스에 정착하여 살고 있었다.(그 당시 그의 와이프와 아이는 한국에 있는 친정집에 있었다.)

　그는 내가 오토바이를 타고 대륙횡단을 한다는 사실에 본인도 젊

214

은 날에 그런 삶을 꿈꾸었기 때문에 실제 행동을 하고 있는 나를 통해 대리만족을 느끼게 해 준 것에 대해 고마워 초대했다고 한다. 앞서 그녀에 비해 경제적으로 훨씬 안정적이고 여유로운 그분 덕분에 간만에 머물렀던 3일 내내 흰 쌀밥과 삼겹살로 배에 기름을 가득 채웠고 또 그분께서 내비게이션을 빌려주어서 이후 유럽여행을 훨씬 수월하게 했다. 그 내비게이션은 근처 캠핑장이나 숙박시설 심지어 식당까지 찾을 수 있는 기능이 탑재 되어 있었기 때문에 도시 내에서 무언가를 찾을 때 유용했다.

이렇게 영국 이후 유럽에서 만난 한국 사람들은 모두 친절했으며 사람냄새 나는 사람들이었다. 만일 내가 오토바이를 타지 않고 일반 배낭여행을 했더라면 이런 특별한 대우를 받을 수 있을까 하는 의문이 들었다. 지금 돌이켜보면 그 당시 나는 나 스스로가 특별하다는 생각을 했던 것 같았다. 그런 생각은 여행이 깊어지면 깊어질수록 더 심해져갔고, 영화 속 주인공인 마냥 망상 아닌 허상까지도 하기 시작했다. 나를 만난 모든 사람들이 특별하게 대우를 해주었기 때문에 그런 생각을 했던 것일지도 모른다. 그러나 난 특별한 사람도 아니었고, 영화 속 주인공도 아니었다. 다만 특이한 여행을 했을 뿐이다. 앞으로 세 달 뒤에 다가올 절망적인 순간이 다가오기 전까진 그런 착각에 빠져 있었다.

그렇게 그분의 집에서 있는 동안에 그 후 목적지를 찾아야 했고 또 떠나야만 했는데 그 근처에는 벨기에, 스위스, 스페인 등등 갈 곳은 많았으나 딱히 구미가 당기는 곳은 없었다. 그런 고민와중에 인도에서 만났던 스페인 친구한테 연락이 왔다. 현재 프랑스에 있는 걸로 알고 있는데 스페인에 갈 생각이 있으면 자신한테 연락 주라며 바르셀로나에 있는 자신의 집 주소를 알려주었다. 그 당시 Sergi라는 친구가 호주에 있었으며 바르셀로나에 있는 그 집엔 자신의 부모와 형의 부부가 있었고 딱히 정해진 목적지가 없다면 자신의 집에서 푹 쉬어도 좋다고 했다.

지도를 보니 스페인은 프랑스 남쪽에 있었는데 만약 스페인에 가면 러시아와는 거리가 멀어져 고민을 해야만 했다. 오히려 스페인에서는 아프리카가 더 가까웠다. 파리에서 바르셀로나까지는 약 1,300km 떨어져 있었으며 또 스페인 최남단 말라가까지는 1,500km 떨어져 있으니 약 3,000km를 남쪽으로 달리다 보면 미지의 대륙인 아프리카를 접 할 수 있어 갑자기 새로운 흥분이 들었다. 그 미지의 대륙에는 수많은 나라가 있으며 또 '사하라'사막이 있었다.

'사하라를 가지 못한 자와 인생을 논하지 말라'라는 말이 있듯이 어느 순간부터 막막의 끝이라는 '사하라'에 관심이 생겼는데 단순하게 밑만 내려가다 보면 사하라를 만날 수 있다는 생각에 주사위를 던질 필요 없이 갑작스레 스페인 그리고 아프리카로 마음을 정했다. 너무나 갑작스레 내린 결정이었다. 생각이 아닌 마음을 쫓았던 것이다. 이미 나는 내비게이션에 Sergi의 집주소를 입력하고 있었다.

나에게 편안함과 안락함을 제공했던 그분에게 감사의 말씀을 드리고 여행이 끝난 후 그 내비게이션을 다시 돌려드릴 것을 약속을 하고 그분의 집을 떠났다. 파리를 떠난 그날 끌레몽페랑(Clemontferrand)

이라는 영화제로 유명한 도시에서 유라시아 대륙 여행에 있어서 첫 야영을 하였다. 돈 좀 아끼려고 마을에서 멀리 떨어진 산속으로 기어들어가 텐트를 치고 하룻밤을 보냈지만 안전이 확보되지 않아 싱숭생숭했다.

싱숭생숭한 밤을 보내고 프랑스의 풍모를 느낄 새 없이 미친 듯이 스로틀을 댕겨 마침내 바르셀로나(Barcelona)에 있는 Sergi의 집에 찾아갔는데 예정보다 빨리 찾아간 덕분에 그곳 식구들이 깜짝 놀랐지만 이내 곧 자신의 식구인 마냥 나의 방문을 기뻐해주셨다. Sergi의 부모님은 연세가 꽤 지긋하셨고 영어를 하지 못해 의사소통이 거의 불가능했지만 문제는 전혀 없었다. 나는 Sergi가 썼던 빈 방에 머물면서 아주 편히 지냈고 Sergi의 형 Xavier와 죽이 잘 맞아 즐겁게 잘 지냈다. 낮에 Xavier가 직장에 나가 있는 동안 그의 부인과 바르셀로나 시내 구경을 하면서 시간을 보냈다.

그의 집에 머물면서 가장 많이 보았고 또 부러웠던 것 중 하나가 부모 자식 간의 애정표현이었다. 그들은 항상 나갈 때나 돌아올 때마다 포옹을 하였으며 볼에 키스를 하였다. 또 무슨 이야기를 할 때마다 아버지가 항상 아들의 머리를 쓰다듬었다. 이것이 그들의 자연스러운 일상적 모습일 지라도 스킨십에 목말랐던 나는 부러웠고 나도 자연스레 그 스킨십을 받고 싶고 사랑받고 싶다는 생각이 들 때 Xavier의 부모님은 한국에 있는 나의 부모님에 대해 물었는데 나는 그들의 질문에 거짓으로 답변을 했다. 나는 부모님이 돌아가셨다고 했던 것이었다. 그들에게 동정심을 얻어 며칠 더 있어 보자고 했던 간사한 행동이었다. 예전과 마찬가지로 또 부모를 팔았던

것이다. 이에 당황한 Sergi의 부모님들은 나를 안아주시며 "여기서는 우리가 너의 부모이니, 편안하게 이곳에서 머물고 싶을 때까지 머물러라." 라고 말씀해 주셨다.

이렇게 역겨운 거짓말로 나는 그들에게 동정심을 얻어냈으며 나의 편의를 추구했다.

나는 이와 비슷하게 어릴 적부터 선생님, 친구 부모님, 심지어 여자들한테까지 동정심을 얻어 그들에게 사랑이라고 생각했던 동정을 받았다. 나의 힘들고 외로웠던 상황을 팔아 무언가를 얻을 수 있다는 것을 중학교 2학년 때 처음 알았는데 그 당시 담임선생님과 친한 친구의 어머니 덕에 중학교 2, 3학년 시절을 배고프지 않고 외롭지 않게 잘 보냈다. 아주 영악했다.

'동정을 얻어 살아남기'는 내가 줄곧 위기의 순간에 써먹었던 나의 유일한 무기였다. 이 고백은 나의 부끄러웠던 행동 중 하나이다. 이렇게 불편한 고백을 끝으로 더 이상의 '동정으로 무엇을 얻는 것'에 대해 종말을 고하자는 뜻으로 나의 치부를 밝힌다.

그렇게 일주일간 Xavier의 집에 아주 편히 머물렀는데 이런 생각이 들었다. "떠나기 싫다." 너무 편안함과 안락함에 안주해 떠나기 싫었던 것이었다. 또 어설프게 머물렀던 탓에 그 안락함의 맛이 너무나 달콤하게 느껴졌다. 더 이상 있다간 영영 이곳을 떠나지 못할 것 같은 생각이 들어 마음을 추슬렀다.

떠나야겠다고 마음을 먹은 순간 신기하게도 영국에서 잠시 같이 지냈던 상익이 형한테 연락이 왔다. 스페인 Altea라는 곳에 자신의 친구와 함께 별장에 있으니 올 수 있으면 오라고 했다. 미슐랭 지도

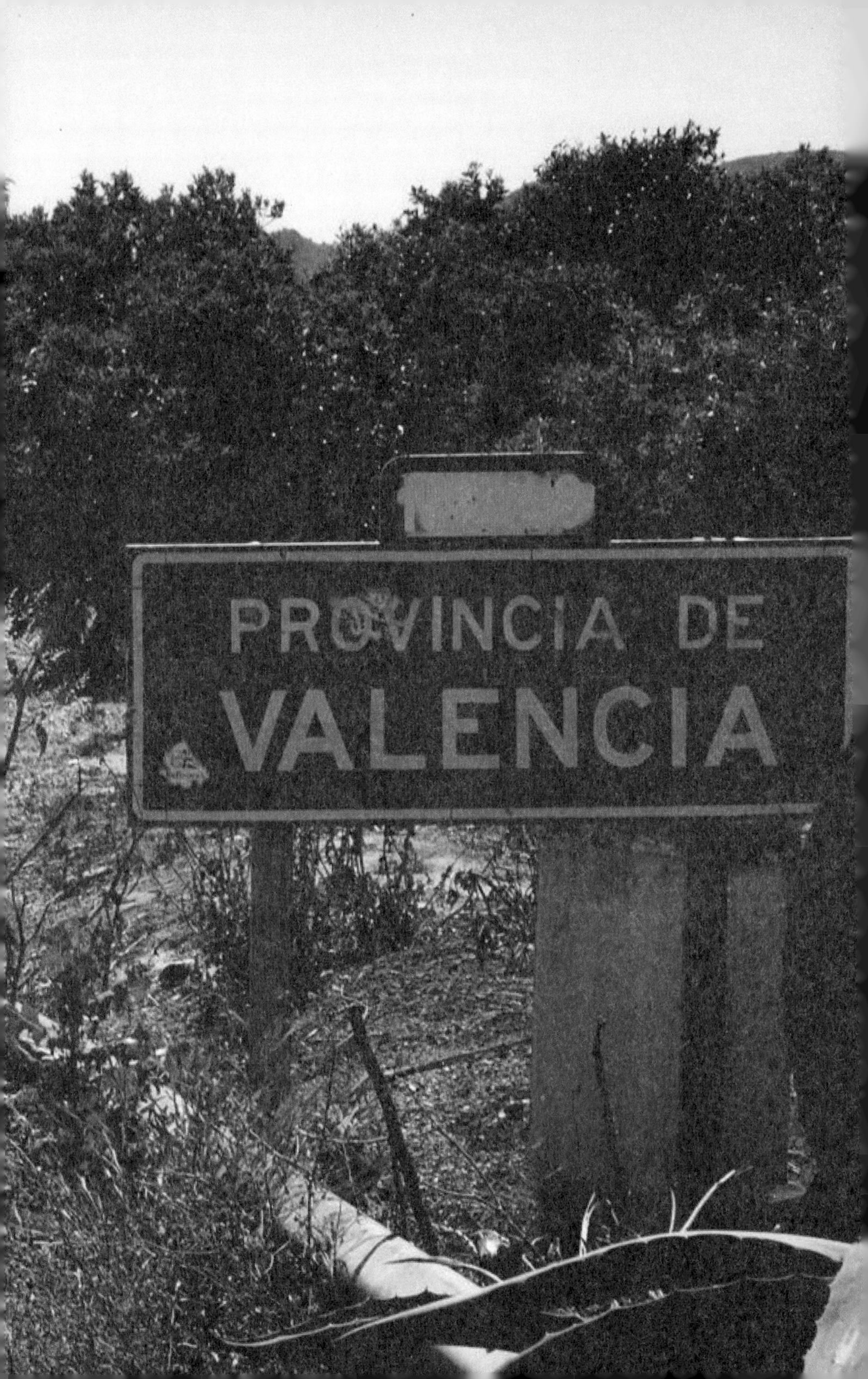
PROVINCIA DE
VALENCIA

를 펼쳐서 Altea를 찾아보니 바르셀로나에서 남쪽으로 500km 떨어져 있었으니 아프리카 가는 여정에 전혀 방해가 되지 않는 곳에 있었다. 반나절이면 충분히 갈 수 있는 거리였다. 고민할 새도 없이 상익이 형의 초대에 응했다. 계속 인연의 꼬리를 물고 물어 Altea까지 편히 여행을 했고, 잠자리도 전혀 걱정 하지 않아도 되어 신기해했고 안도했다. 다음날 아침, 마치 친 자식같이 잘해주셨던 부모님과 Xavier 부부에게 큰 감사함을 전하며 기약 없는 만남을 약속하며 떠났다. 그들은 내가 시야에서 사라질 때까지 손을 흔들어 주었다.

옛 로마 길 위에 난 국도를 달리면서 아름다운 해안도로를 만끽하며 여유롭게 Altea를 향해 가고 있을 때 길 위에서 이상한 광경들을 목격했다. 몸매 좋은 여인들이 길가 옆에 서 있거나 의자 위에 앉아 있었는데 처음에 한두 번 그녀들을 지나쳤을 때 왜 그녀들이 서 있는지 몰랐는데 길을 가면 갈수록 계속 보게 되는 그녀들을 보았을 때 직감적으로 알 수 있었다.

그녀들은 길 위의 매춘부였다. 그녀들을 보니 잊었다고 생각된 기억이 새삼스레 다시 떠올랐다. 화가 나진 않았지만 다시 괴로워졌다. 그리고 걱정되었고 궁금했다. '지금 어디서 어떤 모양으로 살고 있는지.' 감히 그녀의 인생에 대해 오지랖을 떨 입장도 처지도 아니었지만 걱정되었다.

괴로웠던 순간의 기억을 잊으려 스로틀을 당겨 rpm이 높아졌고 분노와 걱정 그리고 알 수 없는 감정들이 혼합된 채 컨트롤 하지 못할 수준까지 올라 커브 길에서 해안절벽을 그대로 박을 뻔했으나 간신히 모면했다. 그러나 갑작스런 급정지로 인해 바이크가 비포장 길로 벗어나 자빠졌다. 다행히 크게 다친 곳은 없었다. 넘어진 바이크를 일으켜 세우고 그늘 안에 들어가 쉬려고 앉아있는데 누군가가 나에게로 다가왔다. 그에 다가온 이를 쳐다봤는데 위에는 비키니에 아래엔 핫팬츠 차림의 아름다운 여인이었지만 매춘부였음을 알았다. 그녀는 웃으며 나에게 오렌지와 콜라를 건네주었지만 나는 말없이 그녀를 쳐다보기만 하였다. 그녀는 호기심 어린 눈으로 내 오토바이를 쳐다보았고 내 긴 머리를 보며 살짝 미소를 짓더니 머리를 얼마나 길렀냐고 물어 보았고 또 일본에서 왔냐는 등 이것저것 물어보았다. 이에 대답했고 나 또한 그녀에게 "어디에서 왔고, 몇 살이냐?" 물어 보았다. 이에 "18살이고 알바니아에서 왔다."고 했다. 리암니슨 주연의 Taken이라는 영화에서 알바니아에서 많은 여자들이 유럽의 다른 나라로 가 매춘활동을 한다는 장면이 어설프게 기억이 났다.

그녀와 이런저런 대화를 나누다 처음엔 측은했는데 그녀의 아름다운 몸매를 보면서 아랫부분이 점점 발기가 된다는 것을 느꼈다. 이에 곧 나쁜 생각이 들어 '매춘을 하지 않겠다'와 더불어 '섹스를 하지 않겠다'라는 나 자신과의 약속을 깨기 싫어 실수하기 전에 허겁지겁 그 자리를 벗어났다. 불과 몇 개월 전의 사건으로 사람이 싫어 떠났던 놈인데, 그런 내가 싫어했고 혐오했던 행동을 하겠다는 생각이 자연스레 일어났다는 사실에 놀라웠고 역겨웠다. 그 사실에 Altea로 가는 동안 나 자신에게 큰 소리로 온갖 욕들을 지껄였다. 내가 한 다짐이 자연스레 무장해제 당한 것에 놀라움과 당혹감을

느끼며….

　이윽고 Altea에 도착했고 상익이 형이 알려준 펜션단지에 찾아 갔다. 그 펜션단지는 세계 각지의 부호들이 휴가 때 별장으로 쓰던 곳인데, 난 아주 운이 좋게도 상익이 형 덕분에 영화 속에서나 볼법 한 그런 펜션에서 5일간 지낼 수 있었다.

　Altea를 떠나기 며칠 전 아프리카에 대해 어설프게 알아보던 중 아프리카 여행경비가 유럽의 1.5배에서 많게는 2배까지 든다는 소 식을 들었다. 이미 먼저 아프리카까지 여행을 했던 한 오토바이 여 행자의 기록을 봤는데 어지럽고 혼란스러운 정국 때문에 가는 곳 곳마다 무장한 경찰들과 국경수비대에 의해 '삥'을 뜯기는 일들이 다반사이고 또 내전으로 인해 언제 국경이 막힐지 모르는 상황 등 아프리카에선 앞날을 전혀 예측할 수 없어서 아프리카를 여행하기 위해선 충분한 돈과 시간이 있어야 한다고 들었다. 단지 사하라 사 막 때문에 급작스럽게 계획을 변경해서 아프리카로 들어가려고 했 던 것이었는데 그곳에서 내가 마탁드릴 상황을 진지하게 생각해보 니 엄두가 안 나서 또 다시 변경하기로 마음먹었다.

　다시 대륙으로 기어 올라가자니 왔던 길을 되돌아가야 하는 생각 에 눈앞이 컴컴해졌다. 아무 생각 없이 그저 마음만 앞섰던 것에 대 한 잘못된 나의 선택이었다. 순순히 여정만을 생각했을 때 시간과 돈을 길바닥에 뿌리고 다녔던 것이었다. 후회를 뒤로하고 정신을 다시 차려 위로 다시 유럽 한복판에 다가갈 효율적인 방법을 찾고 있던 중 바르셀로나에서 이탈리아 시타페치오(Citavecchio)까지 가는 페리가 있는 것을 발견하였다. 육로로 이탈리아 까지 가는 경비보다

몇 배는 훨씬 저렴했다.

그 다음날 저녁에 있는 표를 예약 했고 왔던 길 500km를 다시 돌아 바르셀로나에 도착해서 항구를 찾았다. 출발 한 시간 전에 도착하였기 때문에 정신없고 어수선했지만 다른 오토바이 여행자가 친절히 도와줘서 아무 문제없이 페리에 탑승했다. 배정된 객실에 짐을 풀고 샤워를 하고 나니 여독이 어느 정도 풀렸고 기분 전환을 할 겸 갑판 위에 올라서서 배에 의해 바닷물이 부서지는 걸 보고 있었다. 주위 사람들을 돌아보니 초조와 긴장된 얼굴을 띠고 있는 여행자로 보이지 않는 사람들도 보였다. 한낱 여행자 따위인 나조차도 다가올 내일이 두려웠는데. 일자리를 찾아 떠나는 사람들은 부서지는 파도를 보며 과연 어떤 생각을 할지 감히 상상할 수 없었다. 그래도 난 이들에 비해 행복하다고 스스로 위로 하였다.

도버에서 깔레로 가는 페리에서 보다 이탈리아로 가는 이날 마음이 더 싱숭생숭해서 잠이 오지 않았다.

[2012년 5월16일 이탈리아행 페리안에서의 일기]

남은 돈 약 340만원.

조금만 있으면 이탈리아에 도착한다. 지도를 보니 국도가 별로 없고, 도로 찾기도 수월한 것 같지가 않다. 사람들한테 대략 들어봤는데 기름 값이 1L당 1.9유로 수준(1유로=약1500원)으로 엄청 비싸다고 했다. 이탈리아 이후에 어디로 가야할지. 도무지 감이 안 온다. 러시아 비자를 구할 곳을 찾아야 하는데 생각보다 쉽지가 않았다.

영국에서 조금만 더 신경을 쓰고 알아봤으면 지금 이런 고민과 걱정을 안했을 텐데. 항상 후회만 가득 찬 삶이다. 난 아무리 생각해봐도 여행자 타입은 아닌 것 같다. 겁도 많고, 나에게 부여된 '현재'라는 시간을 즐길 줄 모른다. 왜 막상 혼자 '길' 위를 달리다 보면 잘못했던 것만 생각이 나는지 모르겠다. 지나온 길을 생각하면 내 인생은 항상 남들에게 피해만 끼쳤던 삶인 것 같다. 주변 사람들은 내가 인복이 많아 도와주려고 하는 사람들이 많다고 하는데, 이렇게 남에게 피해만 주는 게 맞는 것인가? 뭘 해야 할지, 이렇게 계획 없이 달리는 여행도 내 인생과 닮은 것 같다. 답답하다.

이렇게 페리에서 하룻밤을 보내고 그 다음날 저녁 8시가 다 되어 이탈리아 시타페치오(Citavecchio)항에 도착했다. 시간을 고려해서 그날 밤은 이곳에서 자야만 했다.

어리버리한 모습으로 동네 근처를 어기적거리고 있을 때 어제 페리 안에서 보았던 이탈리아 아저씨를 만났고 갈 곳 없으면 숙소를 구해 오늘밤 같이 보내자고 했다. 마을에서 수소문 끝에 민박집을 찾아냈고 그 민박집에서 그 아저씨와 하룻밤을 보냈다. 그 아저씨는 집이 시칠리아 쪽이었고 나중에 그곳에 놀러올 일이 있으면 연락하라며 연락처를 주었다. 그 아저씨가 숙박비를 내주었기 때문에 그날 밤의 지출은 없었다. 남은 돈 340만원으로 이탈리아에서 블라디보스토크까지 가야 했기에 모든 지출을 최소화 해야만 했다. 이제부터 본격적인 생존의 싸움이었다. 염치없어도 살아남아야겠다고 생각했다. 이탈리아에 와서 그 유명하다는 로마를 안보고 가기에 살짝 아쉬워 로마를 찾아갔다. 로마에 도착하고 나서 약 세 시간 동안 수박 겉핥기식의 짧은 구경을 마치고 북쪽에 피사(Pisa)탑으로 유명한 피사로 갔다. 밤에 도착하였기 때문에 첫날은 근처 캠핑장에서 묶었고 다음날 아침 피사의 탑에 갔는데 4일전 어떤 여행자가 피사탑에서 투신자살을 했다고 한다. 그 죽은 사람에게 어떤 사연이 있었는지는 모르겠으나 괜히 마음이 울컥하였고 오죽했으면 그곳에서 죽었을까 싶었다.

사람들로 북적이는 관광지를 찾아가면 난 그곳에서 겉도는 느낌이 들었다. 모두 다 똑같은 이방인이었지만 그중에서도 난 아웃사이더였다. 내가 바라본 그들은 행복해 보였고 뭔가에 의해 가슴이 부풀어진 듯한 포만감에 넘치는 표정이었다. 그 사람들을 볼수록 내 자신이 초라하다는 생각이 들었고, 나만 우울하다는 생각이 들었다. 내가 그 사람들에게 주눅들 이유가 전혀 없었지만 시간이 지나면 지날수록 점점 주눅들었다. 그래서 피사에서 생각했다. 사람들이 많이 찾는 관광지는 되도록 피하자고.

그 이후로 사람 많은 유명한 관광지를 거의 찾아가지는 않았다. 그냥 행복한 사람들을 보고 싶지 않았고 피하고 싶었다.

피사를 지나 역사적인 도시 피렌체 그리고 라벤나를 지나 세계 3대 미항이라고 불리는 베네치아에 도착했다. 그곳에서 하룻밤을 보내고 싶었지만 입장료가 너무 비싸 그대로 지나쳤다. 그리고 이름 모를 슬로베니아 근처 국경에서 하룻밤을 보냈다. 내가 그 문화예술로 유명한 이탈리아에서 본 것은 손에 꼽을 정도였고 대부분 길위에서 빠르게 스쳐가는 풍경만 보았을 뿐이었다. 심지어 커피와 피자도 사치라는 이유로 사먹기를 거부했다. 그저 기름 값과 잠들기 전

에 항상 마시는 싸구려 와인 그리고 심심함을 달래주는 담배만이 전부였다.

여유 자체가 없었고 생존 외에 모든 것은 사치에 불과했다. 그저 살아남아야만 했다. 그래서 현재 내가 눈을 감고 유럽과 그곳에서 느낀 감정을 되새기면 길 위의 빠르게 스쳐지나가는 풍경과 배고픔 그리고 막막함이 전부였다. 세상 사람들이 동경하는 유럽은 그저 나에게 살아남기 위한 전쟁터였다.

또 내내 달리면서 '오늘은 어디서 자야 할지, 무엇을 먹어야 할지에 관한 인간의 궁극적이고 원초적인 생각만 할뿐 앞으로 인생을 어떻게 살아야 하는지에 대해 감히 생각조차 못했다. 그리고 필요한 것 외엔 사람들과 대화조차를 하지 않으니 가끔 내 목소리조차 까먹을 정도로 목구멍에서 소리조차 뱉지 않은 날도 있었다.

이제 이탈리아를 벗어나 동유럽이 시작되는 '슬로베니아'라는 곳에 다가섰다.

이곳 슬로베니아에서 앞으로의 여행일정 그리고 특히 러시아 비자를 어디서 받아야 할지 정해야만 했다. 블레드(Bled)라는 지방에 있는 저렴한 캠핑장에서 며칠 지내기로 결정하면서 그곳에서 계획을 짜야겠다고 생각했다.

아름답고 조용한 블레드에서 하룻밤을 보냈고 다음날 아침 엔진오일 상태를 확인해보니 엔진오일이 바닥 난 것을 알고 수소문 끝에 근처 수리점에 찾아가던 중 빗길에 그만 넘어지고 말았다. 넘어지면서 사타구니를 돌부리에 박았고 그 고통에 그곳을 붙잡고 뒹굴고 있던 중 건장한 사내둘이 다가와 괜찮으냐고 물어보며 일으켜

세워줬다. 도와준 사내들에게 고맙다고 인사를 한 뒤 근처 수리점이 어디 있는지 물었더니 그들은 따라오라며 길을 안내해줬다.

수리공에게 바이크를 맡겨 수리를 맡기고 있는 동안에 그들은 나에게 맥주 한잔을 하자며 수리점 근처에 있는 펍에 데리고 갔다. 맥주 한잔을 하면서 그들은 어설픈 영어실력으로 이것저것 나에 대해 물어보았고 이에 내가 오토바이로 영국에서부터 왔으며 한국까지 가겠다고 하니 놀라운 표정을 지으며 나에게 많은 관심을 보였다. 둘 중 Senad라는 사람이 비 오는데 캠핑장에서 처음이자 마지막으로 길 위에서 만난 현지인의 초대였다.

오토바이 수리를 끝내고 다시 캠핑장에 찾아가 짐을 다 싣고 Senad의 집에 갔다. 짐을 다 풀고, 샤워를 한 뒤 Senad의 와이프가 오기 전까지 맥주를 마시며 이런저런 얘기를 했다. Senad는 보스니아 헤르체코비나 출신으로 유고연방이 해체된 후 이곳 슬로베니아로 넘어왔으며 이곳에서 자동차사업을 하였는데 슬로베니아가 EU에 가입한 후 먹고 살길이 막막해져 친구와 같이 독일로 건너가 그곳에서 지붕수리공으로 일한다고 했다.

그가 말하길 대부분의 슬로베니아인들이 영어와 독어 둘 다 구사할 수 있으며 특히 독어를 해야만 뭐든지 입에 풀칠은 할 수 있다고 했다.

많은 슬로베니아인들은 독일이나 영국에서 번 돈을 그들의 가족에게 보내준다고 한다. 그들의 가족들은 그 돈으로 먹고 산다고 하였다. 내수 자체가 어려우니 지하경제에 의존한다고 하였다. 그는 예전 티토의 유고연방을 그리워했으며 앞으로 살길이 더 힘들어졌

다고 걱정하였다. 내가 그들 삶의 막막함을 이해 할 수는 없으나 주류가 아닌 비주류로서의 삶의 고통은 십분 이해할 수 있었다.

여행 중 이렇게 만난 사람들과의 대화 속에서 알게 된 사실인데, 스페인 이후부터 내가 가는 곳마다 그곳 사람들은 국가적 경제위기, IMF 등에 대해 이야기를 했고 미래에 대한 막막함만을 이야기했다.

이러한 이야기들은 서쪽에서 동쪽으로 그리고 북쪽에서 남쪽으로 갈수록 점점 많이 들었다. 삶의 전쟁터에서 치열하게 살고 있는 이들에 비해 나는 비교적 마음이 편하다는 사실에 대해 알았고 그 전쟁터에서 내가 싸우지 않고 있음에 대해 스스로 감사해 했다.

Senad와 그의 가족들의 호의 덕분에 3일을 머무를 수 있었다.

모처럼 맞은 휴가를 나한테 쓴 Senad는 낮에 나를 데리고 슬로베니아나, 오스트리아에 있는 자신의 친척들한테 소개시켜주었다. 그 덕분에 그 근방을 공짜로 구경할 수 있었고 유럽 속에 무슬림들의 삶을 살짝 엿볼 수 있었다.

선택

사람은 이 세상에 아무렇게나 내던져진 존재이다. 그가 어느 길을 가거나 자유이다. 그러나 그 선택에 책임을 져야 한다.

-J.P.사르트르

　이튿날 밤 맥주를 마시고 잠자리에 들기 전 이메일을 확인 하던 중 우크라이나와 그리스에서부터 각각 연락이 와 있던 걸 알게 되었다. 먼저 우크라이나에서 연락을 준 이는 발레리(Valeri)라는 친구로 2010년도에 바이크를 타고 시베리아를 횡단해 한국에 왔고 이후 바이크를 미국으로 보내 그곳에서 아메리카를 여행했던 사람으로 그가 한국에 있을 당시 아는 형님의 소개로 인연이 시작되었는데 마침 내가 바이크를 타고 대륙횡단을 하고 또 러시아 비자를 받을 곳을 찾고 있다는 사실에 그 형님이 발레리에게 연락을 줘 발레리가 나를 도와주고 싶다고 연락을 주었다. 그는 나에게 우크라이나로 오면 러시아 비자를 받게 도와줄 것이며 만일 비자 받기에 실패해 러시아에 진입을 못한다 할지라도 우크라이나에 온 것을 후회 없게 해줄 것을 약속했다.

반면 그리스에서 연락을 준 사람은 아테네에서 사업을 하고 있던 한인 사업가였는데 내가 인도에 있을 당시부터 블로그에서 댓글로 응원을 해주던 분이었다. 그분은 나에게 만약 유럽에 오면 그리스에 꼭 들르라 하였는데 마침 내가 진짜 유럽에서 오토바이로 여행을 하고 있다는 것을 보곤 나에게 연락을 주었던 것이다. 그분은 그리스인 부하 직원을 시켜 아테네에 있는 러시아 대사관에 문의를 한 결과 내가 비자를 받을 수 있을 것 같다고 하였지만 확실하지는 않았다. 다만 그분은 내가 아테네에 와서 한국음식 먹으면서 쉬고 싶은 대로 푹 쉬다 가라고 하였는데 매일 같이 파스타로 만든 개죽만 먹었던 나로서는 한국음식이 가장 큰 매력이었다.

같은 날 유럽의 정반대의 곳에서 서로 오라며 연락이 왔던 것이다. 두 곳 모두 각각의 장점과 단점이 있었으며 확실한 것은 두 군데 모두 러시아 비자 받는 것에 대해 확답은 없었다. 우연인지 필연일지 모르는 이 선택의 갈림길에서 나는 그날 밤 정해야만 했다. 슬로베니아에서 우크라이나까지 약 850km, 그리스까지는 약 1,300km. 러시아까지 가는 최단거리만을 생각한다면 당연 우크라이나를 선택해야 했다. 누가 보아도 우크라이나를 가는 것이 비용 면이나 시간 면에서 절감할 수 있었으며 혹 진입을 실패할지라도 발레리 집에 오토바이를 맡기고 갈 수 있었기에 머릿속에서는 우크라이나를 향해 달려가고 있었다.

만일 내가 그리스를 택하고 그곳에서의 비자받기를 성공한다면 터키-그루지아를 지나 러시아로 갈 순 있었는데 그길마저 불확실했다. 러시아-그루지아 양국 사이의 문제도 있었지만 그 옆에 붙어 있는 체첸 때문에 그곳에서의 국경은 항시 변수가 많았다.

아무리 생각을 해봐도 우크라이나 쪽이 우세였다. 그러나 이상하게도 마음속에서 그리스로 가라고 했다. 단지 그리스에 계신 분이 한국인라는 점과 또 한국 음식을 배터지게 먹을 수 있다는 안락함과 달콤함이 너무 커서 그랬던 것이었을까? 결국 난… 빵 대신 된장찌개와 김치를 선택했다.

우리는 살면서 수 많은 선택의 갈림길에 놓이게 된다. 유명한 대기업 회장이 예전에 이러한 말을 하지 않았던가? '순간의 선택이 평생을 좌우 한다'

우크라이나와 그리스. 이 두 곳 중 어디로 가야할지에 대한 결정은 내 인생에서 몇 안 되는 선택의 순간 중 하나였고 당시엔 내 여행의 결말을 결정짓는 순간이었던 것만큼 아주 중요한 순간이었다.

결과적으로 보았을 때 그리스를 택한 나의 선택은 '러시아 비자'에 있어서는 완전한 실패였다. 그러나 잃은 게 있으면 얻은 것도 반드시 있는 법. 이전의 삶은 결과 후 '잃음'에 대해서만 생각했고 그 상실감에 크게 아파했다. 그러나 나중에 깨닫게 된 사실인데, 잃은 게 있으면 '얻음'도 반드시 있다는 것이다.

그 후 여행 중 마주쳤던 수많은 갈림길에서 내 결정에 의한 '선택'의 실패로 시간과 돈을 잃었지만 가장 중요한 것을 나중에 얻었다. 그것은 길 위에서 만난 사람들이 나에게 주었던 조건 없는 사랑이었다. 그것을 깨닫기까지 그다지 많은 시간이 걸리지 않았다. 그리고 나에게 펼쳐진 수 많은 이정표와 갈림길들이 즐비했던 여행을 통해 인생의 진리를 어설프게나마 알 수 있었다. 이것은 책과 인터넷에서 얻은 간접 경험이 아닌 뼈가 깎이고 살이 찢어지는 고통의 경험 속에서 얻은 아주 값진 교훈이었다.

태어난 이후 우리가 나고 자라면서 마주쳤던 어른들은 부디 본인의 자식들이나 후배들이 본인들이 걸어왔던 비포장된 구부러진 길을 직접 걷질 않길 바라며 교육과 공부를 통해 포장되고 잘 펴진 길을 걷길 바랐다. 포장된 길이 아닌 나머지 구부러진 길들은 책이나 어른들의 경험에 의해 대체 될 수 있을 것이고 굳이 궁금해 하지도 않아도 된다 생각하였다.(우리 아버지 또한 그랬다)

나는 어릴 적 아버지한테 받은 교육과 또 경제적 뒷받침 덕에 굳이 구부러진 길을 걷지를 않아도 되었으나, 청개구리 같은 사고가 강해서 하지 말라는 것(담배피지 마라 담배는 몸에 해롭다. 단정하게 하고 다녀라 사람들은 단정한 것을 좋아한다. 오토바이 타지 마라 오토바이는 위험하다)은 결국 다 했고 하라는 것을 하지 않았다.

그래서 지금 이 모양 이 꼴로 오토바이에 앉아 지도나 보면서 막연함을 느끼고 있을지도 모르겠으나, 그 구부러진 길에서 직접 얻은 생채기 덕분에 쓰러져도 일어설 수 있는 힘을, 두려워도 앞으로 갈 수 있는 용기를, 칼이 없어도 적과 싸울 수 있는 배짱을 무엇보다 인생이라고 불리는 거대한 사막 한복판에서 길을 잃어도 지도 없이 빠져 나갈 수 있게 하는 인생의 나침반을 마음 속 깊숙이 심어 넣을 수 있었다. 그 나침반은 언제든지 마주칠 수 있는 막막함의 사막에서 사용할 수 있는 내 인생에서 가장 중요한 재산이 되었다.

피치 못할 선택과 또 그에 따르는 결과를 두려워하지를 말자. 혹 그 길이 실패의 길이라 할지라도 앞으로 마주치게 될 더 위대한 실패를 위한 소중한 경험이 될 테니….

이곳 슬로베니아에서 그리스 아테네로 가기 위해선 크로아티아-세르비아-알바니아-마케도니아를 지나쳐야만 하는데 이 발칸반도를 혼자 종단하려니 살짝 겁이 났다. 유럽의 화약고라 불리는 이 지역에 대해서는 주로 영화를 통해 접하게 되었는데 키워드는 1차 세계대전, 인종청소, 코소보, 유로피안 무슬림, 세르비안 필름 등 러시아와 마찬가지로 안 좋은 이미지만 떠올랐으나 무소의 뿔처럼 혼자서 가야만 했다. 3일 내내 달려야 아테네에 도착할 수 있었다.

다음날 아침 일찍 일어나 떠날 채비를 하고 있던 중 고 선생님(이분의 존함은 고춘배였고 나는 이분을 선생님이라고 불렀다.)께서 연락이 왔다. 세르비아의 수도 베오그라드*에 있는 한 호텔에 내 이름으로 예약을 했으니 오늘은 베오그라드까지 가라고 하셨다. 안 그래도 이 어둡고 음침한 분위기의 세르비아에서 어디서 자야할지에 걱정이 컸는데 잘 곳이 정해지고 또 목적지가 생기니 다행이었다. 목적지가 생기니 나는 그저 안전히 도착하기만 하면 되었다.

Senad의 가족들이 혹이라도 잠에서 깰까 조용히 짐을 들고 문밖을 나섰다. 다행히 이들이 잠에서 깨어 보이진 않았다. 나는 어젯밤에 미리 적어둔 편지 한 장을 식탁에 내려놓고 몰래 떠나려고 했던 것이다.

"잘 쉬다 갑니다."

---

*베오그라드: 하얀 도시라는 뜻으로 오스트리아와의 국경 방면에서 동쪽을 흐르는 두 개의 강이 합류 하는 지점에 위치해 있다. 발칸반도의 화약고로 예로부터 전쟁의 무대였다.

현관문을 닫고 나와 바이크가 있는 뒷마당에 갔는데 Senad와 그의 아들이 내 바이크를 세차하고 있었다. 새벽 6시 30분이었다. 분명 내가 알기론 그들은 7시 30분이 지나 일어나는 것을 알고 있었는데 깜짝 놀랐다.

그들은 환하게 웃으면서 나에게 "왠지 몰래 갈 것 같아서, 우리가 크게 해줄 것은 없고 새로 산 바이크를 타고 가는 기분이라도 줄려고 닦고 있었다."라고 말했다. 그 감동에 말없이 눈물을 흘렸고 또 헤어짐의 순간을 비겁하게 피하려 했던 나의 행동에 부끄러움을 느꼈다. 아주 미안하고 고맙다고 말한 뒤 Senad와 그의 아들에게 포옹을 한 뒤 바이크 위에 앉았다. 이제 다시 떠나는 것이었다.

슬로베니아를 떠나 수 시간 만에 크로아티아에 도착하였고 이곳을 즐길 새도 없이 고속도로를 타고 쭉 내려가니 어느새 세르비아 국경에 다다랐다.

확실히 느꼈던 것은 남쪽으로 내려가면 내려갈수록 도로 인프라가 좋지 않았고 낡고 매연을 뿜는 차가 많아졌다. 비교적 깨끗한 곳에 있다가 다시 거칠고 지저분한 곳에 와보니 내가 있는 곳이 어디인지 이정표를 보지 않아도 인지할 수 있었다. 수도 베오그라드에 도착하기 전에 몇 군데 휴게소를 들렸는데 간판부터 아주 생소한 키릴문자로 쓰여 있었다. 또 그곳 화장실에는 낡고 지저분한 수세식이 많았다. 딱 우리나라의 7~80년대 수준으로 보였다. 그러나 담뱃값과 기름 값이 훨씬 저렴하였고 또 휴게소에서 파는 커피와 햄버거가 아주 저렴해 오랜만에 외식도 할 수 있었다.

이윽고 출발한지 10시간 만에 목적지인 수도 베오그라드에 입성

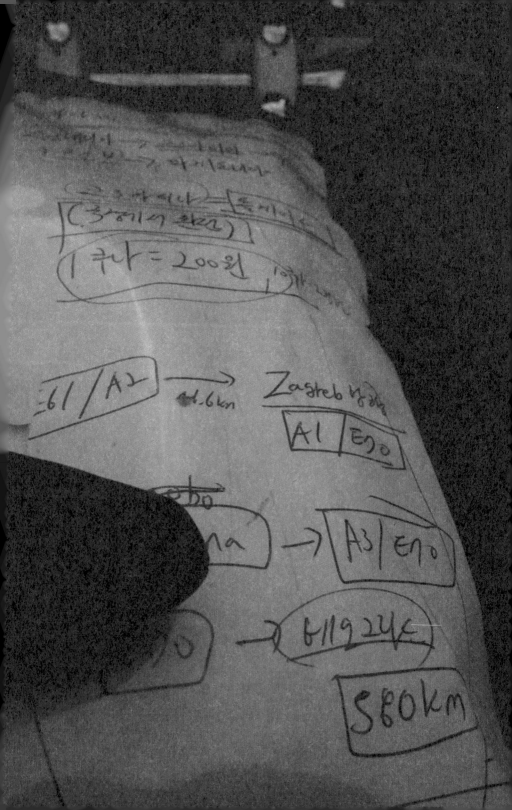

하였다. 베오그라드에 입성하기 두 시간 전부터 비가 쏟아졌고 이에 그냥 노출된 상태로 달렸기 때문일까? 베오그라드 시내에 진입해서 고 선생님께서 잡아주신 호텔 위치를 확인하러 네비게이션을 켰지만 제대로 작동되지 않았다. 비 내릴 때 물기가 스며들어 무언가 문제가 발생했던 것 같았다. 하는 수 없이 지나가는 사람들에게 묻고 물어 간신히 알려주신 호텔에 도착하였고 호텔 프론트에서 예약확인을 하였더니 VIP 룸으로 이틀이나 잡아주셨다. 고 선생님 덕분에 베오그라드 최고의 호텔 VIP 룸에서 때 아닌 호사를 누렸고 내 여행 중 최초이자 마지막 순간이었다.

씻고 나서 이메일을 확인하였더니 마침 고 선생님께 연락이 와 있었다. 세르비아 남부에 있는 코소보라는 곳에서 만나자고 하셨다.

코소보. 내가 알기론 민족주의자들로 인해 인종청소가 발생하였고 우리나라 외교부에서 여행자제 3단계에 속할 정도로 치안이 안 좋은 곳으로 알고 있었다. 그곳의 수도 크리슈티나에서 100km 떨어진 곳에 자코바라는 도시가 있었고 그곳에 아는 사람이 있으니 만나자고 하셨다. (고 선생님은 이미 나에게 메일을 보내신 뒤 부인과 함께 아테네에서 코소보로 이동하고 계신 중이셨다.)

고 선생님께 답장을 하고 난 뒤 호텔에서 제공되는 호사스런 음식과 와인을 먹고 호텔 근처를 돌아다니며 세르비아에 도착하기 전 제대로 느끼지 못한 특유의 음울한 해질녘의 베오그라드를 감상했다.

거리 위를 돌아다니다 마주친 사람들의 표정은 힘이 없었으며 무언가에 지친 모습이었다. 꽤 돌아다녔지만 관광객으로 보이는 사람은 나밖에 없었던 것 같은 느낌이었다. 하늘을 바라보니 해는 이미 저물어 있었고 유독 까마귀 소리가 크게 들렸으며 이 음울한 도시는 괴이한 빛을 뿜고 있었다.

그 음산한 기운에 기가 눌려 기분이 나빠졌던 나는 호텔 지하에 있는 바에서 재즈 음악을 들으며 칵테일 한잔을 마셨지만 그래도 기분은 좋아지지 않았다. 그리고 여전히 까마귀 울음소리는 내 귀를 맴돌고 있었다. 이에 금세 실증이 느껴져 방안에 들어가 무료로 제공되는 술을 들이켰고 호텔에서 제공되는 서비스란 서비스를 다 받았다. 술이 아닌 무언가에 취해 잠자리에 들었지만 쉽게 잠이 오진 않았다. 그리고 생각했다. 고춘배라는 사람은 과연 어떤 사람일까에 대해….

다음날 일어나 베오그라드 관광에 나섰다.

호텔과 시내가 그리 멀지 않아서 걸어 다닐만했다. 눈에 가장 먼저 들어온 건 새로 취임한 대통령인 듯한 사람의 선전간판이었는데 제법 심각한 표정을 한 리더와 그를 바라보는 수십 명의 군인들의 엄숙한 표정을 보았다. 이 나라의 정치와 역사에 대해서는 문외했지만 현재 이 나라가 무엇을 지향하고 어떤 메시지를 사람들에게 전달하는지에 대해 대강 알 수 있을 정도로 이와 비슷한 거대한 선전 간판들이 베오그라드 시내에 즐비했다.

베오그라드 시내 곳곳에 예전 나토군이 폭격을 가했던 건물들이 앙상한 이를 드러내며 그대로 방치된 채 있는 것도 간혹 보였다. 사

람들로 북적이는 번잡한 시내였지만 사람들의 얼굴에서는 웃음이 보이질 않았다. 카메라의 뷰파인더로 바라본 이곳 사람들의 얼굴에선 알 수 없는 '분노'와 '우울함'만이 가득 차 있었다. 더 이상 있다가는 나에게도 베오그라드의 음울한 기운에 감염될까봐 얼마 지나지 않아 숙소로 복귀했다.

다음날 내가 찾아갈 코소보˙라는 나라에 대해 알아보았다.

코소보는 '검은 새들의 땅'이라는 뜻으로 검은 새는 알바니아계 민족을 지칭하는 것이다. 코소보의 주민은 알바니아인들이 대부분이었는데 세르비아계 민족주의자들이 알바니아계 사람들과의 충돌이 발생하면서 비극이 시작된 땅이라고 한다. 인구 100만 명 중 30만 명이 죽었으며, 이를 보다 못한 UN군이 개입해 전쟁을 억지시켰으며 세르비아를 폭격했다고 한다. 현재 코소보 곳곳에 UN군이 지역을 분할해 주둔하고 있다고 한다.

인터넷에서도 코소보 여행에 대한 언급이 거의 없을 정도로 나에겐 카슈미르 지역을 들어가기 전 느꼈던 긴장감과 비슷한 것을 느낄 정도로 알아보면 알아볼수록 코소보는 임팩트가 강했다. 또 계속 머릿속에서 나쁜 생각이 들었고 또 실제 내가 찾아본 코소보의 이미지는 코소보 전쟁 때의 참상과 수없이 죽어나간 사람들의 시체뿐이었다. 이미 머릿속에서 공포감이 자리 잡기 시작했으나 가슴 한편에서는 심장이 뛰었다. 그 심장 박동은 두려움에 의해서가 아

---

*코소보 : 발칸 반도에 있는 국가로 세르비아의 자치주로 있다가 2008년 2월 17일 독립선언을 하였지만, 일부 나라로부터 독립을 인정받지 못하여 미승인 국가에 속한다. 14세기 동방세계의 맹주 오스만 투르크와의 혈전이 이곳에서 발생하였지만 대패 후 500년간 터키의 지배를 받았다. 코소보 전투 이후 세르비아 중세왕국의 발원지이자 세르비아 정교의 성지인 코소보는 민족의 위기 때마다 민족정신을 고취시키는 세르비아 민족주의자들의 성지로 자리 잡았다.

닌, 내가 살아있음을 느끼게 해주는 박동이었다. 그 살아있음에 대한 박동은 내가 인도에 있을 때 강력히 느꼈던 박동이었는데 그 강력한 박동은 내가 위험한 곳에 들어가기 전 혹은 위험한 상황에 처했을 때만 느낄 수 있었다.

영국에서는 아무리 신분 자체가 불안하였어도 환경에 의한 두려움은 없었다. 영국이 가진 깨끗한 선진국의 이미지 덕분에 그런지 몰라도 위험한 곳에서 느낄 수 있는 원초적인 두려움은 느끼질 못했다. 카슈미르 이후 이런 느낌은 처음이었다. 코소보에 관해 두려움이 대부분이었지만 살짝 흥분도 있었다.

코소보에서 벌어질 나의 신상에 관한 안 좋은 상상을 하며 그날 밤 잠에 들었다.

수도 베오그라드를 벗어나 남부도시인 니슈를 지나치면서 코소보의 수도 프리슈티나를 알리는 이정표를 보았고 그 이정표를 따라 달려갔다.

고속도로를 벗어나자마자 형편없는 길들이 계속 펼쳐졌고 지나가는 풍광 자체도 베오그라드 보다 훨씬 음산했다. 곳곳에 파괴되어 방치된 차들 그리고 끊어진 다리 등. 코소보의 수도 프리슈티나까지 거리는 얼마 안됐지만 시간이 꽤 걸렸다. 울퉁불퉁한 산길을 지나고 일렬로 긴 대열을 이루며 조금씩 움직이는 트럭과 차량들을 보았다. 드디어 국경 근처에 도착했던 것이다.

파란 깃발이 멀리서 펄럭이었다. 그 파란 깃발 안에는 흰색으로 칠된 코소보 땅의 지형이 그려져 있었다. 신생국가 코소보의 지도였다.

코소보 입국심사는 생각보다 삼엄하였고 철저하였다. 실탄으로 무장한 사내가 내 차례가 되었음을 손짓으로 알렸다. 그 검문소 사내는 앞 이빨 하나가 빠져 있었는데 그 이를 훤히 드러내며 나에게 이것저것 물어보았다. 다소 건방지고 예의 없는 태도에도 잘 대응했지만 그 자의 마지막 행동에 화가 나 건들지 말라며 소리를 질렀다. 그자는 내 헬멧 주둥이에 부착했던 고프로 캠코더를 붙잡고 이것이 무엇이냐며 이러 저리 흔들어 댔기 때문에 거기서 나는 폭발했다.

그 행동 때문에 20분이면 통과할 수 있었던 검문은 결국 세 시간이나 걸려서 끝났다. 그 이빨 빠진 사내는 빈정이 상해 내 카고백을 땅바닥에 패대기쳤고 그것을 다 꺼내고 다시 넣는가 하면 마약이 있는지 없는지 확인하겠다는 명목 하에 나를 괴롭혔다. 어설픈 객기 하나로 소중한 시간을 잃었다. 내가 만일 미국이나 영국이란 나라에 들어갔을 때도 이런 태도를 보였을까? 하는 생각이 검문소를 지나 프리슈티나를 향해 가고 있을 때 들었다. 난 처음부터 이들보다 월등하다 생각하였고 이들을 깔보는 태도로 이 나라에 들어갔던 것이고 또 그런 행동을 했다가 된통 당했던 것이다.

대한민국, KOREA에서 왔다고 하면 다른 나라에서도 무시 받지 않을 정로 위상이 높아진 내 나라에 대해 감사했지만, 내가 사는 나라가 잘 살고 힘이 세다고 해서 덩달아 나까지 세진 것은 아니었다. 나는 그저 지구 위를 지나가는 여행자였을 뿐 좁밥이라는 사실을 다시 한 번 느끼며 코소보 땅 위를 조심히 지났다.

수도라고 불리기 민망할 정도로 더러웠고 코딱지만 한 프리슈티

나를 지나 고 선생님을 만나 뵙기로 한 자코바를 향해 가던 도중 진짜 코소보를 만나기 시작했다. 세르비아군의 무자비한 폭격으로 폐허가 된 이 땅에서는 현재 건축 붐이 일어나고 있어 우리나라 70년대 새마을운동 시절과 비슷한 풍경처럼 어수선했다. 그리고 음산한 기운이 나는 것을 느낄 수 있었는데 음산한 기운이 뿜어져 나왔던 것에는 이유가 있었다.

길 곳곳마다 사람의 초상이 새겨진 비석들이 즐비했다. 이 나라는 거대한 공동묘지 그 자체였다. 이곳 사람들은 사람이 죽은 장소에 비석을 세운다고 했다. 그래서 그런지 도처가 비석 밭이었다. 또 자코바로 가는 동안 지나가는 차량 자체가 거의 없었기에 더욱 그런지 몰라도 내가 프리슈티나에서 자코바로 가는 길 내내 비석들이 마치 나를 따라다니는 듯 한 착각이 들 정도로 오싹한 기분이 들었다. 인구의 1/3이 죽었다는 현실을 인지하며 죽은 자들의 넋을 달래는 심정으로 이곳을 벗어났다.

이윽고 베오그라드를 떠난 지 10시간이 지나 목적지인 자코바에 도착했다. 만나기로 했던 호텔 앞에 검정색 미츠부시 SUV 한 대가 내 앞에 다가섰다. 그 차안엔 수염을 근사하게 기른 동양인 사내가 타 있었다. 그 사내는 나에게 따라 오라고 했다. 그 사내는 이성민 선교사님으로 고 선생님과 꽤 인연이 깊은 분으로 자코바에서 태권도장을 운영하셨는데 그 태권도장 지하에는 작은 예배당이 있었다. 이 선교사님은 주중에는 아이들에게 태권도를 가르치면서 주말에는 지하 예배당에서 목회활동을 하셨다.

검정색 미츠부시 SUV를 따라 이성민 선교사님 댁에 도착했고 집

앞마당에 바이크를 주차했다. 그러자 집안에서 체구가 작은 사내가 나타나 인자한 미소를 지으며 환영한다고, 수고했다고 하며 비에 젖어 냄새가 나는 나를 꼬옥 안아주셨다. '따뜻했다' 나를 꼭 안아준 그 사내가 바로 고춘배 선생님이었다.

드디어 만난 것이었다.

고춘배 선생님은 독실한 크리스천이셨는데 이날 나와의 만남도 하나님께서 축복해주신 인연이라며 코소보 이후 아테네에서까지도 나를 마치 친자식처럼 대해주며 하나님의 사랑이 무엇인지 보여주셨던 분이다.

나는 무신론자였고 기독교에 대해 관심조차 없던 사람이지만 어떻게 이런 분들이 있을까 싶을 정도로 사랑의 깊이가 대단하신 이 분들을 보고 여태껏 내가 한국에서 접했던 기독교인들에 대한 부정적인 이미지를 싹 날려 주셨던 분이었다. 다 그랬던 것은 아니지만 내가 알고 있는 기독교인들은(우리 엄마조차도) 이기적인데다가 다른 사람들을 기본적으로 무시했다. 그들은 자신들은 구원을 받았고 구원 받지 못한 사람들을 불쌍히 여겨야 한다면서, 기독교식 표현으로 교만을 자행했다. 과연 예수 그리스도가 행했던 조건 없는 사랑과 배품을 똑같이 따라하는 건 불가능 할지라도 조금이나마 그분의 행동을 따라 하고자 했다면 내가 이렇게 기독교인들에 대해 부정적인 시각을 가지고 반평생을 살지 않았을 것이다.

그들은 자신의 이익과 목적만을 위해 기도를 올렸고 교회 안에서만 기독교인이었지 밖에서의 행동은 그러하질 못했던 사람들이 대부분이었다. 교회 안에서는 독실한 척 하면서 밖에서는 뻔뻔하게 욕하고 못된 짓도 서슴지 않는 모습에 거부감을 느꼈다. 그렇게 해놓고 교회에 와서 회개하면 다 용서받는다는, 죄를 짓고 또 회개하는…. 이러한 알고리즘이 죽을 때까지 반복되면서 뭐가 구원이고 사랑일까?

그러나 내가 이곳 코소보에서 보았던 이 분들은 달랐다. 단지 나에게만 잘해줘서 그런 생각을 하는 것이 아니라 이 땅 위에 존재하는 모든 사람들에게 사랑을 줄 수 있는 마음을 가진 분들이었다.

샤워를 마치고 실로 오랜만에 흰쌀밥과 삼겹살을 배터지게 먹었고 그날 밤 자코바 교외에 있는 YMCA 호텔에서 고 선생님 부부와 나만 셋이서 텅 빈 호텔에서 지냈다. 코소보에서 약 3일간 머물러 있었는데 그 중 이틀은 고 선생님 부부와 함께 지냈고 나머지 하루는 이성민 선교사님 댁에서 머물렀다.

첫날 이후 나는 이성민 선교사님의 사역활동에 동참하였는데 자코바 인근 시골 마을에 들어가서 의료봉사 활동을 하였다. 코소보 주민들은 알바니아계 무슬림들로서 토착종교와 혼합한 독특한 이슬람 문화를 형성하고 있었고 그들의 신앙심 또한 대단하였다. 무지한 나로서는 선교사들의 선교활동이 그저 '예수 믿고 천국가세요'에 그칠 줄 알았는데 내가 옆에서 본 이성민 선교사님은 그러하질 않았고 그저 그들이 겪고 있는 전쟁 후 그 트라우마에 대한 고통과 아픔을 달래주었고 절대 그들의 종교를 비난하거나 무시하지 않았다. 있는 그대로를 받아들였고 인정했다. 그저 상처만 달래줄 뿐이었다.

난 지금도 무신론자이지만 아직도 코소보에서 그 기독교인들이

행했던 사랑과 나눔을 잊지 못한다. 내가 본 그 사람들이야말로 이전에 예수 그리스도가 행했던 박애의 정신을 본 받아 행하고 있던 사람들이었다. 그들의 겉모습과 그들의 예배당은 낡고 초라했지만 한국에 있는 그 어떤 커다란 교회보다도 따뜻했고 안락했다. 예수 그리스도가 한국에는 없지만 이 코소보에는 있다는 생각마저 들었다.

이성민 선교사님을 따라 마을에 있는 집 몇 곳을 방문하였는데 그럴 때마다 지역 주민들은 방문자를 극진히 대접했다. 방문자나 손님에게 잘해주는 것은 이슬람 전통 문화였고 코란에서도 그 구절이 명시되어 있다고 한다. 그들이 대접한 차와 견과류 등을 거절할 수 없어 방문하는 곳마다 계속 먹어야 했다.

마을 앞 중앙광장으로 보이는 곳에 황폐해진 건물들의 잔해와 관리되지 않는 비석들 또한 눈에 띄었는데 마을 앞산에 있는 세르비아 군대의 초소에서 저격을 하여 이곳 주민 30명이 죽어나간 곳이라고 한다. 그러나 그 자리에선 꽃이 피어나고 있었다. 누군가 죽은 자리에서 새로운 생명이 자라났고, 전쟁으로 인해 많은 청장년들이 죽어서 생긴 공백을 지금 새로운 생명들이 매워가고 있었다.

나라 전체가 마치 거대한 공동묘지와도 같은 코소보에서 사는 사람들은 세르비아와 달리 얼굴에서 웃음이 넘쳐났고, 좀 더 역동적인 제스처가 보였다. 난 그들의 웃음을 통해 좀 더 순수한 사람냄새를 맡았고 코소보의 희망을 보았다. 비록 그들의 경제수준이 현재 밑바닥을 치고 있지만 그들은 새로운 검은 새들의 땅을 만들고 있었다. 누구에게도 간섭받지 않을 그런 나라를 만들고 있었고 그렇게 되리라 믿고 있었다.

그 다음날 이성민 선교사님의 부인께서 직접 주먹밥을 싸 주셨고, 이성민 선교사님 가족과의 짧지만 정들었던 이별을 아쉬워하며 그들을 떠났다.

코소보를 떠나 그리스로 가기 위해선 두 가지 길이 있었는데 하나는 알바니아를 가로 질러 가야했고, 두 번째는 마케도니아를 지나서 가는 것이었다.

눈을 감고 각 나라의 이미지를 떠올렸다.

알바니아는 유럽에서 악명 높은 인신매매 조직이 있는 나라로 각종 범죄에는 꼭 알바니아인이 끼어 있다는 소리를 들었다. 이것 역시 내가 이 나라에 가진 편견이었지만 그 편견을 굳이 깨고 싶진 않았다. 반면 마케도니아는 그 유명한 알렉산더 대왕과 테레사 수녀의 나라로 기억돼 나는 두 말 할 나위 없이 마케도니아를 가로지르는 걸 선택했다.

구불구불한 자코바의 산길을 벗어나 마케도니아 국경에 접했고 국경 경찰과 오토바이 보험문제로 옥신각신하다가 또 화를 참지 못하고 성질을 부려 바리케이드를 발로 찼던 게 문제가 되어 50유로 가까이의 벌금을 물어야만 했다. 여행 중 교통위반에 의해가 아닌 갈잖은 내 자존심 때문에 많은 벌금을 물었다. 이 당시 나는 움직이는 시한폭탄이었던 것 같다. 항상 건들면 폭발했으나 돈 때문에 이내 곧 후회했다. 성질 하나 제대로 컨트롤 하지 못해 쉽게 터졌으나 곧 부러졌다. 강하면 부러진다는 것을 점점 알게 되었다. 그이후의 삶은 부러지는 것이 아닌 자연스럽게 스며들 수 있기를 연습

했으나 잘 되진 않았다. 그래도 부러지는 것 보다는 스며드는 게 깔끔하다는 걸 느끼고 있다. 또 성질을 부린다는 것도 나 같은 약자가 아닌 강자가 부려야 먹히는 것도 알았다. 죽도 밥도 안 되는 놈이 다른 나라의 공권력에 대항한다는 것은 지금으로서는 상상도 못할 일이었다. 하지만 이것은 그때 당시의 나였다. 강해보이고 싶었지만 쉽게 부러지고 마는. 내가 약하다는 것에 대한 반증 그 자체였다.

마케도니아를 구경할 기분이 상해 단숨에 통과하기로 마음먹고 마케도니아-그리스로 연결된 고속도로를 이용했다. 2시간을 달린 끝에 그리스 국경이 나왔다. 그리스라는 나라 이름만 보아도 세르비아와 코소보 같은 나라에서 느낀 내 존재의 위협을 가할 수 있는 그 불안한 먹구름이 어느새 가셨다. 이미지 하나가 사람의 마음을 들었다 놨다 하는 것이었다. 그 당시 나에게 천국과 지옥의 기준은 가고자 하는 '나라에 대한 이미지'였다. 그러나 점점 갈수록 알게 된 사실은 그 '지옥'에 사는 주민들이 '천국'에 사는 주민들보다 더 친절하고 상냥하다는 것을 알게 되었다. 원효대사가 해골에 고인 물을 먹고 깨달은 '일체유심조(一切唯心造 : 모든 것은 마음먹기에 달려있다)'의 사상을 책에서가 아닌 직접 그 경계를 넘음으로써 서서히 깨달았다.

그리스 국경을 지나 그리스 신화에 나오는 유명한 올림포스 산 아래에서 그날의 첫날밤을 보냈다. 다음날 올림포스 산에 올라가 보았지만 제우스를 보지 못하였다. 내가 느낀 올림포스 산은 말 그대로 그냥 산이었다. 웅장한 느낌이나 영적인 힘 따위는 전혀 느껴지지

못했다.

그리고 남쪽으로 300km를 더 달려 마침내 고 선생님 댁에 도착하였다. 고 선생님 댁은 아테네 중심가에서 남쪽으로 내려가면 나오는 거주 지역으로 해변 바로 앞에 있기 때문에 그리스 해변 특유의 소박함의 아름다움을 느낄 수 있었다. 난 이집에서 떠나기 전까지 2주 동안 있었으며 처음 일주일간은 러시아 비자 문제 때문에 골머리를 앓고 있었다. 나머지 일주일간은 다가올 여행에 대한 준비로 정신이 없었다.

선생님 부부는 나에게 1층 차고 옆에 있는 게스트 룸에 머물게 해주어서 모처럼 혼자만의 여유로움과 사색을 즐길 수 있었다. 선생님 부부가 출근하고 없는 긴 오후 시간에는 간간히 아테네 중심부로 놀러갔고 또 고대 그리스 유적들을 관광할 수 있었는데 모든 유적지마다 입장료를 받았다. 유럽에 있는 신들과 마찬가지로 그리스의 신 또한 돈을 요구하였다. 몸이 심심하거나 간질할 때는 집 앞에 있는 바닷가에서 수영을 즐겼으며 또 수니온이라고 불리는 포세이돈 신전이 있는 곳과 마라톤 전투로 유명한 마라톤 평야까지 오토바이를 타고 가서 해질녘 노을을 감상하는 여유를 부리기도 하였다. 또 저녁 식사를 마치고 난 밤에는 노트북으로 그 동안 못 보았던 영화들과 드라마들을 감상하였다. 이곳에서 보냈던 시간은 정신적으로나 육체적으로 그동안 소모되었던 에너지들을 충전할 수 있는 계기가 되었다.

어느 날 저녁 고 선생님과 식사를 마치고 이런저런 얘기를 하다가 고 선생님께서 '떠남의 이유'에 대해 물으셨고 난 떠나게 된 계기

와 이전에 살았던 삶에 대해 솔직히 말씀드렸다. 고 선생님께서는 내 이야기를 들으시고 난 다음에 눈물을 흘리셨고 진심으로 나의 아픔과 상처에 대해 같이 아파하셨다. 그런 그분의 행동에 마치 난 그분에게 아버지의 향기를 맡을 수 있었다. 당시 아버지를 대체할 누군가가 필요했는데 마침 고 선생님께서 그 역할을 해 주셨던 것이었다. 그 외로운 마음을 고 선생님께 다 풀었고 그 분은 그 마음을 다 녹여주셨다. 그리고 고 선생님은 나를 슬프게 했던 그 모든 사람들을 용서하라고 하셨다. 알고 보면 그 사람들 모두 불쌍한 사람들이고, 나 혼자만 상처받고 사는 것이 아니니 좋은 사람들 많이 만나고 또 나중에 인연이 생기면 그 여자 때문에 생긴 상처는 자연스럽게 없어질 것이라고 말씀하셨다. 또 아버지와의 관계는 시간이 지나면 자연스럽게 해결 될 테니 건강하고 무사히 한국에 들어가면 되니 크게 걱정하지 말라고 나를 다독여 주셨다.

선생님께서 집에 계시는 주말엔 한인교회에 같이 따라가서 예배도 드리고 또 차를 타고 교외까지 나가 맛있는 그리스 음식을 양껏 먹으며 말라붙었던 뱃가죽에 기름칠을 하기도 하였다. 특히 새끼 양고기를 통째로 구워서 그리스 향신료와 곁들어 먹은 요리와 해산물에 올리브 오일을 곁들어 먹은 음식은 이제껏 내가 먹어본 음식 중에 단연 최고였다. 그 맛있는 그리스 음식들 덕분에 2주 동안 5kg이 쩌 턱밑까지 살이 차올라 있었을 때 쯤 본래 그리스에 온 목적이었던 러시아 비자를 이곳에서 못 받는다는 소식을 들었다.

이유는 앞서 나라에서의 이유와 같았다. 관광비자로 거주지 등록을 못하기 때문이었다. 그 절망적인 비자 실패에 대한 소식을 듣고

1,500km를 달려 내려온 것에 대한 후회가 밀려왔다. 나의 얼굴에서 실망과 허탈의 기색을 보신 고 선생님은 나에게 미안하다고 하셨다. 어쩔 수 없는 일이었다. 그렇다고 고 선생님을 절대 원망하지 않았다. 아니 오히려 정말 나에게 은인 같으신 분이셔서 오히려 그분에게 아무것도 해드릴 수 없는 것이 죄송스러웠다.

갑자기 여행을 중단하고 싶은 충동이 밀려왔다. 아무 생각 없이 그저 러시아 땅을 가로지르고 싶은 것 하나에 유럽을 이리저리 쑤시고 다녔는데 거기에 몹시 지쳤던 것이었다. 점점 가보지도 못했던 러시아가 징그럽게 느껴지기 시작했다. 고 선생님께서도 굳이 러시아엘 왜 가야 하냐고 이제껏 무에서 시작해 여기까지 온 것도 대단했다며 이만 여기서 여행을 마치는 것은 어떻겠냐고 조심스럽게 물으셨다. 또 있고 싶을 때까지 계속 있으면서 앞으로 한국에서의 일을 차근차근 계획하고 또 도와주시겠다고 제안하셨다. 나는 그 말을 듣는 순간 한국을 떠올렸는데 이미 머릿속에서 갈 곳 없이 방황하는 내 자신이 보였고 머리 깎고 군대 갈 내 모습을 상상하니 정신이 번쩍 들었다.

생각만 한다고 나아질건 없었으며, 또 계속 도망친다고 해도 답은 없었으나 앉아서 생각만 하기엔 내 목을 조일 것을 알기에 끝까지 부딪히며 돌아다닐 것을 택했다. 그리고 막판 러시아 비자 받기에 총력을 기울이며 인터넷을 뒤져보던 중 2011년에 라트비아의 수도 리가에서 러시아 비자를 받았다던 사람의 블로그의 글을 발견하였고 또 그 사람이 받았던 대행사에서 전에도 몇 몇의 한국인들이 비자를 받았다는 정보도 얻었다.

목적지는 이미 정해졌다. 발트 연안에 있는 나라, 라트비아의 수도 리가였다.

미슐랭 지도를 펴서 살펴보니 현재 내가 있는 그리스 아테네는 남유럽에서도 남쪽 끝부분에 있었고 라트비아는 그 대륙의 제일 북쪽 끝이었다. 라트비아 위에는 발트해가 있었고 동쪽으로는 러시아가 붙어있었다. 아테네에서 리가까지의 거리는 약 3,000km였다. 직선으로 쭉 올라가다 보면 언젠가 리가에 도착할 수 있었다. 그저 올라가면 그만이었다. 나는 고 선생님께 그곳에서 마지막으로 시도한 뒤 실패를 한다면 깨끗하게 내 여행을 그곳에서 마치겠다고 말씀드렸다.

그러나 고 선생님께서 다시 한 번 생각해보라고 나를 붙잡으셨다. 이에 난 "나는 살면서 한 번도 내가 생각한 대로, 계획한 대로 살아본 적이 없었고 또 모든 시험에 실패하였으며 그 실패에 따른 자괴감으로 인해 단 한 번도 나를 사랑한 적이 없었다. 그래서 그런지 다른 누구보다도 성취감에 목이 말라 있다. 단 한번이라도 좋으니 이번만큼은 내가 계획한대로 이루어졌음에 대한 간절함이 너무나 크기 때문에 꼭 횡단을 해야겠다고…. 남들은 그저 한낱 여행이라고 생각할지 몰라도, 가진 것도 잃을 것도 없는 현재의 나로서는 이것이 전부이고 마지막이다."라며 유라시아 횡단에 대한 나의 의지를 관철시켰다.

선생님께서는 말없이 고개를 끄덕이시며 안아주셨고 기도하겠다고 하셨다. 지금 생각해보면 그 당시 나는 혼자만의 세계에 철저히 갇혔으며 타협이란 절대 없는 고집불통이었다. 내가 그리스를 떠나기 전날 고 선생님께서는 나를 데리고 바이크 샵에 데려가 주셨다. 아테네에서 블라디보스토크까지 남은 1만 3천 킬로미터 횡단에 따른 모든 수리와 부품 교체를 해주셨다. 100만 원이 넘는 비용이었다. 그리고 떠나는 날에도 내 주머니에 경비로 쓰라며 100만 원을 주셨다. 난 받기만 하였지 드릴 수 있는 게 없었다. 그저 감사하고 죄송하다는 말밖에 할 수가 없었다.

고춘배 선생님. 항상 받은 것만에 익숙했던 놈에게 주는 것의 행복이라는 것을 깨닫게 해주신 내 인생의 은인이신 분. 그 분은 앞으로 내가 어떻게 살아야 할지에 대한 삶의 지침을 부드럽게 기독교적 마인드로 가르쳐 주셨던 감사한 분이다. 현재 나는 이분에게 배웠던 것을 어설프게 따라하는 수준이지만 사랑 받는 것보다 사랑 주는 것에 대한 작은 행복을 느끼고 있다. 이분의 가르침을 본받아 따라하고 행동한다면 비록 기독교 신자가 아닐지라도 나의 행동이 옛 예수 그리스도의 행동과 조금이라도 비슷하지 않을까에 대한 생각이 들었다.

이분과의 만남은 정말 내 인생에서 절대 잊을 수 없었던 따뜻하고 행복했던 순간이었다.

헤어짐의 순간은 언제나 항상 가장 힘든 일이었다. 고 선생님 부부께서는 내가 떠날 때 눈물을 흘리셨는데, 나중에 들은 사실이지만 고 선생님께서는 "왠지 그날의 만남이 마지막이 될 것 같았다."라고 말씀하셨다. 내가 러시아에 가면 죽을 수도 있다는 생각을 하셨던 것이다.

짧은 이별의 시간을 끝으로 다시 왔던 길을 되돌아 올라갔다. 세르비아 수도 베오그라드까지는 이전 왔던 길을 되돌아가면 그만이었다. 첫날만 760km를 달렸는데 이날 총 18시간 동안 달리는 내내 과거에서부터 이어진 나의 삶과 또 그 삶을 통해 이어진 사람들에 대한 인연에 대해 생각을 했다.

사람이 싫어 사람을 피해 올랐던 여행길인데, 그 여행길에서 우연히 만난 사람들 덕분에 다시 사람을 그리워하기 시작했다는 것을 자각했다.

[2012. 5. 31. 세르비아에서의 일기]

누구나 자기 삶에 대해 자각을 하며 반성을 한다. 이번 여행이 나에게 특별한 이유는 여행 내내 과거를 되돌아봄으로써 반성을 할 수 있게 해주었기 때문이다. 정확히 기억은 안 나지만 인도 중부 이후부터였던 것 같다. 북인도는 위험했고 중간에 만난 사람들 덕분에 그런 생각이 안 났지만, 라자스탄부터였던 것 같다.

그때부터 지금까지 계속 되고 끊임없이 반복되는 과거의 잘잘못과 후회들….

흘러간 강과 세월은 돌이킬 수 없다고 하지만 하루 12시간 내내 달리기만 하면서….

뉘우친다. 처음 의식의 흐름을 따라 시작되는 감정이 원망이었다면 이후 반성의 감정에 빠지고 그 이후에는 눈물로까지 이어진다. 또 그 다음 번으로 돌아가면 아주 어릴 적 기억까지 거슬러 간다.

엄마 아빠 손 잡고 어야 가던 그날.

왜? 다시 돌아 갈 수도 없고 붙잡을 수도 없기에. 그래서 눈물이 나는 것일까. 현재 항상 과거만 생각하기에 아직까지 미래에 대한 생각을 못했다. 아니 너무 막막하다고 할까? 그러나 언제까지 과거에 얽매일 수는 없다. 이제 지나간 세월을 보내야 한다. 놓아주려 한다. 잘 가라. 15살 이후부터 멈춰있던 나의 자아야. 잘 가라 어린 날의 슬프고 아픈 기억들이여.

현기증

절망은 존재의 끝이 아닌 존재의 시작이다.

-영화 젊은 날의 초상 中

그리스를 떠난 지 이틀이 지나 해질녘 즈음에 노을이 유독 아름다웠던 헝가리의 수도 부다페스트에 도착했다. 부다페스트 시내 안에 유일하게 있는 캠핑장에 자리를 잡아 이곳에서 이틀을 보냈다. 다음날 구시가지를 걸어서 돌아다녔으나 눈에 들어오는 것이 별로 없어 돌아다닌 지 세 시간 만에 텐트로 돌아왔다. 시내 관광을 하면서 느낀 점은 아무 것도 없었다. 그저 답답했다.

마음속이 심난해서 그런지 돌아다니며 구경하는 것 자체에 원인 모를 죄책감마저 들었다. 이런 느낌은 이곳 부다페스트뿐만 아니라 어느 곳을 가도 그랬다. 차라리 아무도 없는 길 위에 서 있을 때가 마음은 편했다. 그저 이동하면서 그날 하루 어디서 자야할지에 대한

막막함을 느끼는 것만이 이 끝없는 여행에서 느낄 수 있는 유일한 감정이었다. 그저 라트비아에 빨리 도착해서 러시아 비자를 받는 것에 대한 확정이 나야 마음이 편해질 것 같았다. 매를 앞둔 심정이 랄까. 차라리 빨리 매를 맞고 싶었다. 마음이 급했던 것이다.

이곳 부다페스트에서부터 라트비아 리가까지 3일이면 갈 수 있었다. 라트비아에 도착하기 전까지 그리고 부다페스트를 떠난지 첫째 날 슬로바키아를 지나 폴란드에 입성하였다. 폴란드의 국도는 인프라가 좋지 않아 군데군데 도로가 유실된 곳이 많았고 또 비까지 계속 내렸기 때문에 싸구려 부츠 안에 물이 스며들어 발이 다 젖었다. 하루 종일 발이 물에 젖어 부은 상태로 운행을 하다 보니 피로감은 상당하였다.

몸이 피곤하여 폴란드를 구경하고 싶은 마음은 전혀 없었기에 그 유명하다는 아우구슈비츠 수용소를 무심히 지나쳤고 이름 모를 마을 근처 농장에서 몰래 텐트를 쳤다. 그곳에서 불을 피워 젖은 부츠와 양말을 말리며 하룻밤을 지새웠는데 잠을 거의 못 잤다.

왜냐하면 캠핑장과 달리 야영지에서 몰래 자는 행위는 안전이 확보되지도 않으며 또 언제, 누가 올지 모르고 또 어떤 일을 당할지 예측할 수 없기에 불안감을 넘어 종종 공포감마저 느낄 때도 있었다. 그래서 사람들의 흔적이 없는 곳을 헤지기 전에 찾아야만 했고 마을에서 10분 이상 떨어진 곳을 골라야만 했다. 설령 자리를 찾고 텐트를 쳐서 밥을 해먹고 잠자리에 들려고 해도 문제는 남아 있었다.

고요한 산속 텐트 안에서 자리를 펴 누워 눈을 감으면 세상 온갖 종류의 벌레와 동물들 소리 때문에 잠을 이룰 수 없었고 그 소리에 불안감은 배가 되었다. 텐트 근처에 쥐나 조그만 동물들의 움직이는 소리가 마치 사람 발자국 소리처럼 느껴질 때가 많아 예민했고 겁 많은 나는 해가 뜨는 걸 봐야 겨우 잘 수 있었다.

내가 여행 하던 당시 일본에서부터 출발해 동쪽에서부터 서쪽으로 오토바이로 혼자 횡단하던 한 여행자가 러시아의 이르츠루크 도시 부근 마을 근처에서 캠핑을 하던 중 마을 인종주의자들에게 칼로 30번 이상 난자당한 사건까지 발생해 나의 불안감은 더욱 커져만 갔다.

폴란드를 벗어나기 전날 마트 주차장에 바이크를 세워두고, 장을 보기 위해 마트에 들려 마트 안을 둘러보고 있었는데 누군가가 계속 나를 쳐다보고 있다는 느낌이 들었다. 뒤를 돌아봤을 때 나를 주시하며 누군가에게 전화를 걸고 있던 빡빡머리의 사내를 보았다. 느낌이 더러운 그 사내를 주시하며 마트 안 한 바퀴를 일부러 돌았는데 그 사내도 똑같이 한 바퀴를 돌았다. 그리고 수분 후 똑같은 머리 모양의 사내 둘이 처음 사내에게 다가간 것을 보았다. 그리고 또 다시 내가 한 바퀴를 돌았을 때 그 둘도 같이 돌았다. 무언가 심상치 않다는 느낌이 들었고 이대로 있다간 그들에게 당할 것 같은 생각이 들었다. 목뒤가 뻐근했고, 머리칼이 쭈뼛쭈뼛 섰으며, 서 있는데도 다리가 후들거리는 느낌이 들었다. 그러나 그들에게 내가 겁내는 모습을 들키지 않으려 애를 썼다.

이미 검정색 레이벤 선글라스 안에는 내 두려운 눈동자가 마구 흔들리고 있었다. 칼을 찾아보았으나 커터 칼 밖에 보이질 않았다.

이에 맥주부스 쪽으로 가서 큰 병 두 개를 골라 계산을 했고 마트를 빠져나가 빠른 걸음으로 주차장에 나섰을 때 그들도 빠른 걸음으로 나를 쫓았다. 주변엔 사람이 없었다.

뒤에서 나를 부르는 소리가 들렸고 뒤를 돌아보지 않은 채 봉투 속에 있는 맥주 두병을 꺼내 양손에 쥐었다. 그리고 양손에 들고 있던 병맥주를 서로 부딪쳐 깨버렸고 그 깨진 병을 쥐고 뒤를 돌아봤다. 그리고 있는 힘껏 한국말로 욕을 했고 깨진 병을 각각 목과 복부에 갖다 대며 긋는 시늉을 했고 위협했다. 그리고 지랄 발광을 떨면서 내가 부릴 수 있는 갖은 허세와 악에 받친 듯 큰 소리를 지껄였다.

이후 그들을 보아하니 적잖게 당황한 기색을 띠었다. 얼굴은 십대 후반쯤으로 보였고, 손에는 작은 칼을 쥐고 있었다.

그 소란에 마트 안에 있던 직원들이 나왔고 그들에게 뭐라 했는데 이내 그들은 도망쳤다. 그들이 사라졌음을 보고 그 자리에 그대로 주저앉았다. 다리에 힘이 풀렸던 것이다.

무서웠던 것은 둘째 치고, 나는 지금 뭐하나 싶었다. 생각해 보면 나는 그들에게 잘못했던 것이 없었다. 잘못이 있다면 내가 이방인이었기 때문이었을까? 난 그들이 왜 날 공격하려 했는지 또 그들이 스킨헤드(Skin Head)였는지 따위엔 관심이 없다. 그저 내 존재 자체가 그들에겐 눈에 가시일 거라는 생각이 들었다. 그래서 더욱 더 외로웠다.

내가 스킨헤드에 대한 소식을 직접적으로 처음 접했던 곳은 그리스

---

*스킨헤드 : 머리를 빡빡 깎고 다니며, 극단적 외국인 혐오증을 가진 극우민족주의자들을 러시아에서 부르는 말이다.

아테네였다. 고 선생님께서 나에게 파르테논 신전이나 신타그마 광장을 갈 땐 스킨헤드들을 조심하라 했다. 그리스에서도 스킨헤드가 있다는 소리는 처음 들었었는데, 고 선생님께서 말씀하시길 그리스 경제가 어려워진 이후에 황금새벽당이라는 극우 민족주의 집단 세력이 등장했고 이 집단은 현 그리스의 경제위기의 이유를 이민자들이 몰려와서 그리스인들의 일자리가 없어진 것이라고 생각했다. 그 이후에 그들을 따르는 머리를 빡빡 깎은 젊은 청년들이 아테네 시내에서 관광객들 혹은 이민자들을 공격했다는 소식이 나돌았고, 그들은 이렇게 어려운 상황을 외국인에게 분노 표출을 감행, 선동함으로써 지지율이 높아져 무시할 수 없는 정당이 되었다고 한다. 이는 예전에 히틀러와 나치 선동꾼 괴벨스가 했던 방식과 비슷하였다.

그리스 이후부터 내가 가는 곳곳마다 민족주의자들을 만났고 폴란드에서 일이 발생한 이후 칼을 구입해 지니고 다녔다. 또 일본인 오토바이 여행자의 피살 소식을 접한 지 얼마 뒤에 나에게 발생한 일이라서 스킨헤드들에 대한 공포는 여행이 끝날 때까지 계속 되었다.

폴란드를 지나 리투아니아에 도착해 산속에서 밤을 지새웠던 날이었다. 극도의 피로가 몰렸지만 스트레스와 알 수 없는 긴장감에 잠을 설치다 새벽녘에 겨우 잠에 들었었는데 날카롭고 차가운 칼날이 내 목을 누르고 있는 느낌이 들어 잠에서 깼지만 너무 무서워 눈을 뜨진 못했다. 이대로 죽는구나 싶었다. 유라시아 횡단도 길 위에서 산다는 것도 지쳤다. 모두 꿈이었나 싶었다. 부모나 친구 따위가 파노라마로 스쳐 지나가진 않았다. 그대로 끝이었다.

목에 날카로운 칼날이 들어오고, 목이 잘려나가면 이 지긋지긋한 현실에서도 안녕이었다. 반항할 여력도, 살고자 하는 의지도 없었다. 그저 이 순간이 끝나기만을…. 그 짧은 시간 속에 이러한 생각들이 지나가고 있을 때 뭔가 느낌이 이상하다는 생각에 눈을 떴다. 눈에 보이는 건 아무것도 없었다.

조심스레 눈을 밑으로 돌렸다. 칼은 없었다. 내 목을 눌렀던 차가운 물체는 침낭 고리였다. 그리고 다시 눈을 지그시 감았다. 눈물을 흘렸다. 살아남아서 다행이라는 안도감은 아니었다. 그저 허무의 눈물이었다. 그 정도로 난 다가오는 죽음의 공포에 항상 시달렸으며, 그 공포 때문에 신경이 날카롭게 곤두서 있어서 잠을 제대로 잘 수가 없었다.

여행 이후 지금까지 아직도 잠을 제대로 자지를 못한다. 조그마한 소리에도 잠에서 깨어나며 약간의 빛에도 민감한 반응을 낸다. 제대로 된 숙면을 취한 적이 거의 없다. 이것은 여행이 나에게 남겨준 고통스런 후유증이었다.

폴란드를 벗어나 리투아니아 그리고 라트비아에 도착할 때까지 전나무 숲길로 계속 이어진 길을 지나갔다. 너무 똑같고 단조로운 풍경에 미쳐 정신병이 걸릴 것만 같았다.

이전엔 후회와 반성의 감정이 들어 달리는 내내 생각을 하였다면 일본인 여행자 사고 소식을 들은 이후에는 오직 나의 최후에 대한 안 좋은 상상만 하며 라트비아까지 거의 죽는 심정으로 기어 올라갔다. 그 일관된 단조로운 풍경에 넋을 잃어 사고 날 뻔한 적

도 한두 번이 아니었다. 잠을 못잔 내 육체와 정신은 무너지기 일보직전이었다. 어떻게 사고 없이 라트비아까지 왔는지 신기할 정도였다. 그렇게 해서 나의 러시아 비자를 위한 마지막 목적지인 라트비아의 수도 리가에 도착했다. 이 최후의 땅에서 모든 것이 결정될 것이었고 실패 시 이 땅 뒤에 있는 발트해에 몸을 던져버릴 각오를 했다.

인터넷으로 알아본 러시아 여행사에 찾아갔고 그곳 사장은 나에게 2주만 기다리면 드디어 러시아 비자를 받을 수 있을 것이라는 기적 같은 소식을 전했다. 생각보다 너무 쉽게 받을 수 있다는 소리를 들어 미친 듯이 기뻤고 묵은 체증이 한꺼번에 풀리는 듯한 기분을 느꼈다. 그래서 기다리는 동안 러시아에 대한 정보와 블라디보스토크까지 가는 일정, 그리고 속초로 가는 페리 예약까지…. 러시아 관광비자가 한 달밖에 되지 않기 때문에 전과는 달리 철두철미하게 준비해야만 했다.

라트비아의 수도 리가의 물가가 생각보다 비쌌기 때문에 모든 비용을 아껴야만 했다. 그래서 리가 주변 근교에 있는 저렴한 캠핑장들을 돌아다녔고 그래도 시간이 남았기에 옆 나라 에스토니아까지 넘어가 이틀 정도 머물렀다.

비자 받기로 약속한 날 5일 전에 다시 리가로 돌아가 캠핑장에 머물면서 최대한 살을 찌기 위해 닭고기, 돼지고기 등 육류와 와인을 근처 마트에서 구입해 매일 같이 텐트 안에서 최후의 만찬이라도 벌일 요량으로 마음껏 먹고 마셨다.

이렇게 몸은 최대한 편하게 있으려고 노력했지만 마음 한쪽 구석

에서 '불편함'이 올라오고 있었다. 그 '불편함'은 '불안감'으로 번져 갔다. 항상 말로만 듣던 러시아가 바로 코앞이었고 또 며칠 후 그 곳을 달릴 생각을 하니 다시 막연해졌다. 또 캠핑장에서 만났던 사람들이 러시아에 절대 혼자가지 말라며 가면 진짜 죽을 수도 있다고 경고했던 라트비아 사람의 말이 점점 머릿속에서 커지기 시작했다.

겉으로 사람들한테 러시아에 가고 싶다고 떠들어댔지만 막상 그것이 현실로 다가오니 두려워졌다. 이 두려움은 아무에게도 말을 하지 않았다. 그리고 마침내 러시아 비자를 받기로 한날이 다가왔고 설레임 반 두려움 반의 마음으로 여행사에 찾아갔다.

여행사 사장은 내 얼굴을 보자마자 불편한 표정을 지었다. 나는 직감적으로 무언가 잘못되었을 것 같다는 생각이 들었다. 그녀는 내 여권을 보여주며 처음엔 승인허가 도장을 받았는데 나중에 다시 입국금지 도장을 받았다며 거절에 대한 이유는 자신도 모른다고 하였다. 정말 미안하다며 어쩔 수 없다고 하였다.

나는 어안이 벙벙하여 다시 따졌고 그녀는 미안하다는 소리만 되풀이 할뿐 내가 왜 거절되었는지에 대한 이유 따위는 들을 수 없었다. 그렇다면 나에게 입국거절 도장을 찍은 영사를 만나야겠다고 그가 어디에 있는지를 물었고 같이 가자고 하였다. 옆 건물에 있는 영사관에 그녀와 함께 찾아갔다. 그리고 영사관 직원에게 영사를 데려 올 것을 요청하였다.

십분 후 짜증나는 표정을 띤 영사가 나타났고 나는 내 소개를 할 새도 없이 여권을 들이대며 영사에게 다짜고짜 왜 못가는지에 대해 따지기 시작했다. 분명 이곳에서 4명의 한국인 여행자들이 관광 비자를 받았는데, 나는 뭐가 문제가 되어 비자를 못 받느냐? 이에 러시아 영사는 "네가 비자를 못 받는 이유에 대해 설명할 의무는 없고 단지 양국 간의 일이니 비자를 받고 싶으면 한국으로 돌아가라." 라며 소리 쳤다.

이에 나는 "처음 리가에 도착해서 여행사 사무실을 방문 했을 때 여행사 사장이 처음부터 못 받는다고 말을 해주었더라면 2주씩이나 기다릴 이유가 없었을 텐데 당신들이 일을 좆같이 처리했기 때문에 내 소중한 시간과 돈만 낭비했다." 라며 들고 있던 헬멧을 집어 던졌고 이에 나의 멱살을 붙잡은 영사의 팔을 뿌리치고 그를 패댕이 쳤다.

비효율적 관료주의의 대명사인 러시아 사람들의 이런 태도에 내 울분이 표출되었다. 그 순간 영사관을 지키는 경찰들에 의해 내 팔이 꺾였고, 팔이 꺾인 채로 땅에 눕혀졌다. 양손엔 수갑이 채워졌고, 내 머리는 경찰 손에 눌려 땅에 쳐 박혔다. 그리고 나는 영사관 내에 있는 임시 구치소에 처박혔다.

꺼내달라고 소리치며 쇠창살을 두들겼으나 아무 소용이 없었다. 그때 당시 모든 것을 잃어버린 듯 했다. 내가 그렇게 간절하게 소망했던 유라시아 대륙횡단의 꿈이 그렇게 산산조각 나버렸고 'Reject'가 찍힌 여권으로는 영원히 러시아 땅에 발도 못 디딜 거라는 영사 직원의 말에 가슴은 찢어졌다.

쇠창살에 갇혀 있던 1시간 동안 발로 창살을 치고, 울부짖었는데 나의 행동에 아주 화가 난 영사와 직원들은 내 입을 막고, 손과 발

을 묶어 눕힌 상태로 다시 가뒀다. 난 이 세상이 끝나는 것이라도 되는 양 악에 받혀 소리를 질렀다. 이내 곧 제풀에 꺾여 정신을 잃었다.

그때 그 순간만큼은 난 내 인생의 목적을 잃었다.

나는 거대한 사디스트들에 의해 찢겨졌으며, 짓밟혔다.

난 그들에 대해 아무런 저항도 할 수 없었다.

세상에서 가장 비참한 패배이자 상실이었다.

역시나 그렇듯 내 인생에서 작은 무엇 하나 성취를 하지 못하였다는 이 괴로운 사실이 쇠창살에 갇혀있던 시간 내내 내 목을 졸랐다. 그렇게 또 실패했다. 언제나 그렇듯.

돌이켜보면 그때 당시 난 아주 큰 착각에 빠져 있었다. 항상 실패만 했던 내 삶에 있어 어떤 시련과 고난도 다 이겨낼 수 있을 것 같다는 큰 망상 그리고 그 이후의 삶은 항상 승리할 수 있을 것 같다는 위험한 생각.

그렇다. 나는 그 누구보다도 성취감에 목말라 있었다.

사타구니에 털이 자란 이후 나는 한 번도 성취를 이룬 적이 없었다. 항상 실패를 하여 주눅 들어 있었고, 그 주눅에 아버지를 쳐다볼 자신이 없었다. 살면서 자식이 부모에게 줄 수 있는 희망과 행복 따위를 한 번도 느끼게 해 준 적이 없었다. 그저 패배자의 삶이었다.

그러나 여행을 하고 있던 기간에 많은 우여곡절이 있었고 수많은 포기의 순간도 있었지만 이 악물며 참아냈고 살아서 성공적으로 돌아다녔기에 또 큰 탈 없이 이곳까지 왔기에, 성공할 수 있을 거라는 착각에 빠졌지만 그날도 어김없이 신은 나를 버렸다.

안될 놈은 끝까지 안 되는구나. 라는 생각에 빠져 나락으로 떨어지고 말았다. 그렇게 길고 긴 그날 밤을 쇠창살에 갇혀 스스로 목을 조르고 있었고 죽고 싶었다.

다음날 아침 영사가 나에게 기물파손과 공무집행 방해죄 등을 내세우며 벌금 100만원을 내라고 했다. (당시 나에게 남은 돈이 220만원이었다) 군말 없이 벌금을 내고 빠져 나갔다. 그리고 파손된 나의 헬멧을 들고 터벅터벅 영사관을 빠져 나갔다. 밖의 하늘을 쳐다보니 날씨가 맑았다. 공기는 상쾌하고 북쪽에서 불려오는 바닷바람이 내 볼을 적셨다. 모든 것의 조화가 잘 어울리는 아름다운 날이었다. 그러나 나는 갈 곳이 없었다. 목적이 사라지니 멍해지기 시작했다. 남은 돈 120만원.

갑자기 나를 둘러싼 세상이 엄청 넓어지기 시작했고 나를 둘러싼 평화로웠던 그 공기들은 이내 숨 막힐 듯한 공기로 변했다. 발밑을 보니 내가 서 있는 곳은 사막이었다. 막막의 사막이 다시 찾아 온 것이었다. 난 그 사막에 주저앉아 펑펑 울었다.

막막의 사막 한복판이었기에 내 주변엔 아무도 없었다. 한참을 울고 나서 밑을 바라보니 다시 아까 내가 서 있던 도심 한복판이었다. 주위를 둘러보니 사람들이 이상하게 쳐다보았지만 개의치 않았다.

근처 경찰서에 주차되어 있던 바이크를 찾고 나서 묵묵히 캠핑장으로 돌아갔다. 생각이 필요했다. 솔직히 말해서 내내 걱정했던 또 속으로 피하고 싶었던 그 두려운 러시아라는 나라에 안 가는 것이 아닌 못 가게 되어 한편으로 마음이 시원하기도 하였다.

답답한 마음에 근처 항구로 달려갔다. 항구에 도착해 따뜻한 햇살에 비친 잔잔하고 아름다운 바다를 바라보며 지그시 눈을 감았다. 그러던 중 어디선가 불어오는 기존의 바람과 달리 아주 청명하고 시원하다 못해 차가운 공기를 느꼈다. 눈을 뜨고 바라보니 저 북쪽에서 바다를 가로질러 오고 있는 커다란 페리를 발견하였다. 가지고 있는 지도를 펴 북쪽을 살펴보니 스웨덴이 있었고 그 위쪽엔 노르웨이가 있었다. 그 노르웨이의 가장 북쪽 '끝'에는 '노르드캅'이라는 지명이 적혀져 있었다. 노르드캅이라. 알고 보니 북쪽의 끝 아니 인도와는 다른 차원의 세상의 끝이었다. 이왕 동쪽의 끝(블라디보스토크)에 가는 걸 실패했으니, 북쪽의 끝에 한번 가보겠다고 생각했다. 언제 죽을지 모르는 우리 내 인생과 같이 이 마지막 여행을 북쪽의 끝에서 마쳐야겠다고 결심했다. 페리회사를 찾아가 스웨덴 스톡홀름으로 가는 페리를 다음날 시간으로 예약했다. 이제 진짜 끝이었다. 죽는 한이 있더라도 그곳에 가서 죽겠다고 생각했다.

스톡홀름에 가기 전날 밤 페이스북에 접속해 인도 고아에서 만났던 친구 알렉스에게 메시지를 보냈다. 내일 스톡홀름에 가는 페리에 탑승해서 다음날 아침 시간에 도착할 예정인데 이 메시지를 봤다면 연락처를 남겨 달라. 그리고 노르웨이로 바로 갈 예정인데 괜찮다면 가기 전에 너네 집에서 며칠 지낼 수 있나 싶어 연락을 한다. 알렉스에게 메시지를 남겼고 그 다음날 스톡홀름으로 가는 페리에 바이크와 몸을 실었다. 내 마지막 여정을 위한…. 아니 인생에서 마지막이 될지도 모르는 순간을 위해….

세
상

새는 알을 깨고 나온다.
알은 새의 세계이다.
태어나려는 자는 한 세계를 파괴해야 한다.

-헤르만 헤세의 데미안 中

6월 29일 예정대로라면 러시아에 들어 갈 수 있는 날이었다. 그
러나 난 북쪽으로 가는 배안에 있고 망망대해 한복판에 떠 있었다.
같은 객실에 배정된 라트비아 아저씨가 술에 떡이 된 채로 방안에
들어와 오바이트를 하고 알 수 없는 말로 지껄이며 술주정을 하는
바람에 그날 밤 잠을 못 잤다.

싱숭생숭한 마음으로 갑판 위에 올라섰다. 맥주 한 병을 마시며
우주 속과 같은 이 칠흑 밤을 가로지르는 커다란 쇳덩어리에 몸을
실은 채 난 어디론가 가고 있었다. 아무리 맥주를 마시고 시원한 바
닷바람을 쐬어도 기분은 나아지지 않았다. 늦은 시간인데 불구하고
갑판 위에 서서 이 고요한 발트해를 멍하니 바라보는 사람들이 많았

다. 이 사람들의 피부색과 생김새가 다르듯 부서지는 파도를 바라보며 드는 생각도 다를 것이라 생각되었고 각자 자신의 아픔을 안고 미지의 세계를 향해 막막함의 바다를 가로질러 가는 이 기분은 같을 것이라 생각되었다.

나는 바다를 하염없이 바라보다가 문뜩 뛰어내리고 싶은 충동이 강했지만, 이내 정신을 가다듬고 담배 한 대를 태운 뒤 객실로 돌아가 쪽잠을 청했다. 아침 7시가 채 안 되어 종착지인 스톡홀름에 도착했다. 오토바이를 타고 출입국 사무소를 가로질러 와이파이가 터지는 카페를 찾아 커피를 마시며 노트북을 열었는데 다행히 알렉스한테 연락이 와 있었고 언제든지, 있고 싶을 만큼 있어도 좋다는 내용이 들어 있었다.

알렉스의 주소를 내비게이션에 찍고 그의 집을 방문하였고 마침내 알렉스를 다시 볼 수 있었다. 6개월만의 재회였다. 알렉스는 내가 오토바이를 타고 자신의 집으로 왔다는 사실에 믿을 수 없다며 이 재회를 진심으로 기뻐했고 나의 방문을 환영하였다. 내가 필요에 의해서 연락했던 거였지만 고맙게도 나를 아주 편하게 대해줬다. 유럽대륙의 최북단 노르드캅을 가기 전에 알렉스의 집에서 약 6일을 머물렀다. 그 6일 동안 알렉스와 함께 스톡홀름 이곳저곳을 돌아다니며 먹고, 마셨고 또 시외 밖으로 벗어나 인적 없는 호숫가에서 낚시를 하며 밤새 이야기도 하였으며 밤에는 사우나에서 여독을 풀며 아주 즐거운 한때를 보냈다.

알렉스는 방 두 개짜리 낡은 아파트에 살고 있었는데 자신의 친구랑 셰어(share)를 하며 살고 있었다. 그 아파트는 알렉스의 외할머

니 것이었는데 그녀는 내가 찾아가기 두 달 전에 돌아가셨고 그 이후 지금은 친구랑 같이 지낸다고 하였다. 알렉스는 혼혈인이었는데 아버지는 모로코인이었고, 어머니는 스웨덴인이었다. 알렉스의 어머니가 모로코 여행을 하던 중 알렉스의 아버지를 만나 사랑에 빠졌고 그 이후 그 둘은 스웨덴으로 같이 넘어가 행복한 삶을 살던 중 급작스레 알렉스의 아버지가 사고로 돌아가시고 난 뒤 알렉스의 어머니는 약물 중독에 빠져 각종 범죄에 노출되다 교도소에 들락날락거렸는데 현재 재활센터에서 치료를 받으며 산다고 하였다. 알렉스에게 어머니란 존재는 그저 애새끼만 싸질러 낳은 생물학적 어머니일 뿐이었다. 그래서 그는 어릴 적부터 할머니와 살았었는데 그 부모 역할을 대신 해줬던 분이 돌아가시고 난 뒤 충격에 빠져 약물에 중독된 채 허우적거리며 살고 있었다.

이런 그에게 행복이 뭘까? 라는 질문을 던지면 그는 그저 이 지긋지긋한 세상을 떠나 미지의 세계를 돌아다니면 충분하다고 말하였고 그 당시 그는 새로운 여행을 준비 중이었다. 그 또한 나와 함께 있었던 고아에서의 행복한 시간을 잊지 못하고 그리워하고 있었다.

알렉스의 직업은 바텐더였는데 나를 위해 휴가까지 냈고 그와 같이 스톡홀름의 밤을 지새웠다. 상처받은 짐승이 서로를 알아본다고 하듯이, 우리들은 짧은 시간이었지만 아주 막역히 지냈고 그 이후에도 지금까지 연락하고 지낸다.

알렉스에게 노르웨이에 대해 이것저것 물어 보던 중 그곳의 물가가 가히 살인적이라고 할 수 있을 만큼 최악이란 소리를 들었다. 기

름 값은 1L당 4000원에 육박했고, 담뱃값은 1값 당 25,000원 선
이었으니 노르드캅으로 가는 여정을 위한 음식이나 소모품 등은
그곳보다 저렴한 이곳 스웨덴에서 준비를 해야만 했다.

노르웨이에서의 목표는 기름 값만 쓰는 것이었다. 그런데 알렉스
의 집을 떠나기 전 꼭 생각을 해야만 했던 것들이 있었다. 만약 북
쪽의 끝을 찍고 난 이후에 여정을 결정지어야만 했는데, 생각하자
니 막막했고 부딪히기엔 겁이 났다. 이제 슬슬 한국으로 가야 할 때
가 된 것 같다는 생각이 마음속 언저리에서 모락모락 피어오르고
있었다.

한국이라…. 아주 막막했고 가기 두려웠다. 돌아가자니 갈 곳이
없었고 생활할 돈도 없었다. 말 그대로 노르웨이에서 돌아오고 나
면 한국으로 갈 비행기 편도 값밖에 없었던 것이었다. 이런 내 사
정을 아는 지인한테 말을 했고 그 지인이 한 인터넷 커뮤니티 사이
트에 내 상황을 올려 잠깐 화제가 된 적이 있었는데 그 소식을 듣
고 내 여행기를 연재했던 이륜차 카페에서 회원들이 돈을 모아 내
비행기 값을 보내겠다고 연락 달라 했는데…. 달콤한 제안이었지만
정중히 거절했다.

나 혼자만의 일이었고, 그저 내 여행이었다. 이것만큼은 나 혼자
만의 힘으로 끝내고 싶었다. 그 뿐이었다. 돈까지 남에게 받으면 비
참할 것 같다는 생각이 들었다. 어차피 빈털터리로 한국에 간다 해
도 찾아갈 친구 집도 있었고 또 말이 통하니 금방 돈을 벌 수 있다
고 생각했다. 그러나 이대로 정들었던 바이크를 이곳에 버리고 갈
순 없었다. 아니 아쉬웠다.

영국에서 출발하기 전 다짐을 했다. 바이크는 이동수단이지 목적으로 생각하면 안 된다. 그러나 이미 지금까지 1만 킬로를 함께 했고 생사를 함께 한 바이크는 이미 목적이 돼 버렸다. 못난 주인 만나 잔 고장 한번 없이 그저 묵묵히 같이 달려준 이 친구를 놓고 가기 아쉬워 떠나기 전 스웨덴과 스톡홀름에 있는 선박회사를 알아보았고 한국까지 배송되는 견적을 냈는데 약 200만 원의 돈이 들었다. 내 비행기 값도 모자랄 판에 바이크를 한국으로 보낼 형편은 더더욱 안 되었다.

고민을 하던 중 불현듯 생각이 떠올랐다. 바이크와 나를 같이 배에 태워 한국으로 돌아갈 생각. 아무 능력은 없었지만 뭐라도 내가 배안에서 할 수 있을 거란 생각이 들었다. 하다못해 청소라도 할 수 있었으며 임금을 받는다는 생각은 전혀 하지 않았다.

그래서 이런 내용의 편지를 스웨덴 에테보리 항에 있는 선박회사에 이메일을 보냈고 노르웨이에 있는 선박회사에도 비슷한 내용을 보냈다. 이메일을 보냈으니 노르웨이를 갔다 오면 보냈던 회사 30곳 중 한군데라도 긍정의 답장이 올 수 있기를 간절히 희망하였다. 이미 주사위는 던져졌다. 떠나기만 하면 그 뿐이었다.

알렉스에게 일주일 뒤 다시 돌아오겠다는 약속을 하고 최소한의 짐만 챙겨 북극으로 가는 여정에 올라섰다.

스톡홀름에서 스웨덴 최북단 키루나까지 올라가는데 꼬박 하루가 걸렸다. 약 16시간에 걸쳐 키루나까지 올라갔는데, 올라가는 도중 계속되는 그 단조로운 풍경에 질려버려 미칠 것만 같았다. 올라가면 올라갈수록 공기가 청명하고, 차갑다는 느낌을 받았으며 나무의 모양도 침엽수로 바뀌어 가는 걸 깨달았다. 점점 북극과 가까워지는 느낌이 들었다.

스톡홀름을 떠난 첫날은 키루나를 벗어난 외곽지역에 있는 무료 캠핑장에서 보냈는데 모기가 너무 많아 잠자리에 들기가 힘들었다. 둘째 날 키루나를 벗어나면서 노르웨이 국경을 향해 달려가던 중 멀리서 눈으로 뒤덮인 설산을 보았으며 내가 있는 곳이 북쪽에 있음을 확실히 인지하기 시작했다. 7월인데도 날씨가 쌀쌀하다 못해 추웠다.

드디어 노르웨이 국경을 지나 나르빅이라는 도시에 도착하였는데 그 도시에서부터 북극권이 형성되었고 여름에 해가지지 않는 백야 현상이 이곳부터 시작된다고 들었다.

나르빅 이후부터 보이는 풍광은 장관이었다. 북극해를 끼며 달리는데 너무 아름답고 깨끗해서 감탄사가 절로 나왔다. 가히 유럽에서도 최고라고 할 수 있을 만큼 아름다운 풍광을 지녔으며 사람들 또한 아름다웠다.

그러나 본격적인 추위를 제대로 맛보기 시작하였다. 북으로 갈수록 바람의 세기도 매우 강해 바람 한번 불면 오토바이가 휘청거릴 지경이었다. 달리던 도중 너무 추워 옷을 4겹이나 입었지만 북극해의 강력한 바람에는 속수무책이었다. 북극해의 바람은 히말라야의 바람보다 더 강력했다. 그저 달리다가 지치면 한적한 곳에 들어가 텐트를 치고 퍼질러 잤고 이에 다시 출발하는 식으로 북쪽의 끝에 가는 전략을 세웠다.

북쪽의 끝에 가기 위해선 천천히 가야만 했다. 가난한 라이더는 체력과 돈을 아껴가며 달려가야 했는데 노르웨이의 살인적인 물가 때문에 손이 떨려 초코바 하나도 살 엄두가 나지 않았다. 그저 하루 한 끼, 자기 직전에 파스타 개죽만 먹을 뿐이었다.

노르드캅까지 가는 길은 시원하게 뚫려 있었고 도로 위엔 차가 별로 없었다. 그러나 간혹 나와 같은 몇몇의 라이더만 있었을 뿐이었다. 라이더들은 서로 마주칠 때마다 손 인사를 하였다.

Kirkness라는 지역을 지나면서부터 아름다웠던 풍광은 사라지고 날씨마저 지랄 맞았다. 비는 내내 내렸으며 바람이 너무 강해 앞서 보이는 버스도 휘청거릴 정도로 나르빅에서의 바람과는 차원이 달랐다. 날씨는 추웠고 또 비가 내리면서 정신마저 혼미해지기 시작하던 중 왕복 2차선이었던 길은 1차선으로 좁혀졌고 이정표엔 '노르드캅 30km'이라고 쓰여 있었다. 그 이정표를 바라보았던 시간은 저녁 8시가 넘었고 무척 배고팠고 피곤했지만 북쪽의 끝을 코앞에 앞두고 텐트에서 자빠져 잘 수는 없었다.

바이크에 천근만근 무거운 내 몸을 간신히 걸치고 세차게 밀려오는 바람이 불어오는 방향을 정면으로 마주 한 채 '끝'이라는 생각으로 '북쪽의 끝'을 향해 스로틀을 당겼다.

노르드캅에 오기 전에 일부러 노르드캅에 대한 정보를 인터넷에서 검색하지 않았으며 사진도 보지 않았다. 그 끝에 대한 환상을 남이 찍은 사진을 봄으로써 깨고 싶진 않았다.

북쪽의 끝에 다다르기 5km전부터 전방이 잘 안보였다. 이번엔 안개가 날 가로막았지만 포기하지 않았다. 그저 느리게 갈 뿐이었다. 마치 구름 속을 달리는 듯한 착각이 들 정도로 이 안개들은 북쪽

의 끝을 수호하고 있는 것처럼 보였다. 그리고 마침내 멀리서 희미한 형체가 보였다. 지구본 모양의 이 물체는 북위71도의 '끝'을 알리는 랜드마크였다. 드디어 그 '끝'에 도착하였다.

그러나 그 '끝'은 허무 그 자체였다. 세상의 끝에는 아무것도 없었고 낙원 또한 없었다. 허무하다고 해서 눈물이 나진 않았다. 그곳엔 내가 찾던 행복이라는 것도 없었다. 오히려 절망과 어울리는 곳이었다. 그리고 다시 한 번 깨달았다. "도망친 곳에는 낙원이란 없다." 라고.

해안 절벽 끝에 앉아 북극해를 바라보며 지난 1년간의 여정을 되새겼다. 구원이던 행복이던 무언가를 얻으려고 했지만 사실은 얻은 게 하나도 없었다. 단지 무언가를 비워 냈을 뿐. 얻음이 아니라 무언가를 버렸다는 느낌이 들었다.

가슴 뚫린 것처럼 허했지만, 그 뚫린 구멍으로 북쪽의 바람이 관통해 나가니 시원했다. 시원했으면 그만이었다. 그리고 그 구멍 난 가슴 속에서 숨겨져 있던 씨앗을 보았다. 그것은 행복이었다. 이미 행복은 가슴 속에 내가 지니고 있었는데 그 행복이 내안에 있는지도 모르고 행복의 향기를 찾아 세상을 이곳저곳 떠돌아 다녔던 것이다. 나는 이미 이 세상의 끝에 서 있는 것만으로도 행복했던 놈이고, 이 끝에 오기 전까지 길 위에서 마주친 사람들의 사랑을 받아왔다. 내 자신이 불행하다고 생각한 무거운 마음의 짐을 벗어던지니 후련했다. 그리고 웃으며 내려갔다.

[고대 인도의 전설]

　한 사향노루가 어느 상쾌한 봄날 신비로운 천상의 향기를 맡았다. 그 향기에는 평화, 아름다움, 사랑이 느껴졌다.

　속삭이듯 유혹하는 그 향기에 이끌려 사향노루는 향기의 근원을 찾아 전 세계를 다 뒤질 요량으로 출발했다. 얼어붙은 험난한 산꼭대기를 기어 올라가고 찌는 듯한 정글을 뚫고 걸어갔으며 끝이 없는 모래사막을 가로질러 이동했다.

　사향노루가 어디를 가든 희미하게라도 항상 거기서 향기를 맡을 수 있었다. 삶의 끝자락에 이끌려, 끈질긴 추적에 지친 노루는 쓰러졌다. 노루가 쓰러질 때 뿔이 배를 찌르자 갑자기 공기 중에 천상의 향기로 가득 찼다.

　사향노루는 쓰러질 때 죽으면서 향기가 내내 자신 안에서 흘러나오고 있다는 것을 깨달았다.

그렇게 그 끝에서 무거운 짐을 던지고 다시 스톡홀름으로 돌아왔다. 역시 알렉스가 반갑게 맞이해 주었고 이메일을 확인하였다. 선박회사로부터 용기는 가상하나 실행이 불가하다고 거절의 답장을 받았다. 어쩔 수 없지 라는 생각에 다른 메일을 확인하고 있던 중 큰 고모한테 메일이 왔음을 알았다.

고모는 내가 세상에서 가장 사랑하고 고마워하는 인물로, 내 존재의 근원보다도 더 소중하게 생각하는 사람이다. 고모는 내가 아버지하고 의절한 이후에도 행방불명되었던 나를 끝까지 찾았고 그 이후로 아버지 몰래 연락을 하고 있었으며 나를 언제나 친자식처럼 대해 주셨던 분이다. 고모가 말하길 사실 아버지가 내가 인도에 있을 때부터 내가 여행했다는 것을 알았다고 한다. 인터넷으로 나의 흔적을 찾던 중 우연히 내 블로그를 발견하였고 그 이후부터 여행이 끝나는 순간까지 하루에도 몇 번씩 블로그를 들어가 내 생사를 확인하고 또 걱정하였다고 한다.

가끔 글이 안 올라 올 때마다 불안에 떨며 전전 긍긍했다고 한다. 그런 그가 처음에 나를 발견했을 때 너무 화가 나 그곳에서 죽어도 시체도 안 찾을 거라고 말씀하셨다던 데 점점 시간이 지날수록 내 이야기를 묵묵히 보며 나를 알아갈 수 있었다고 괜찮으니 제발 살아서만 돌아와 달라고 고모한테 그런 말도 전한 적이 있다고 한다. 그러다가 내가 러시아에 진입에 실패하고 내 어려운 사정을 아는 형이 인터넷에 올리면서 그 글이 잠깐 화제가 되었을 때 그것을 보고 고모에게 물어 내 계좌에 500만 원을 입금했다고 한다.

그 돈을 가지고 가고 싶은 여행지가 있으면 가도 좋고 만약 한국에 돌아온다면 자신한테 안 돌아도 좋으니 군대 가기 전까지 방을 얻고 생활비로 쓰라며 이 돈을 건네 주셨다고 한다.

내가 알던 아버지는 절대 이럴 사람이 아니었는데…. 불같이 급한 성격인데도 불구하고 나에게 하루에도 수 십 번씩 메시지를 보낼까 말까 고민하다 내가 부담스러울까봐 말았다는 말을 들었을 때 마음속 깊숙한 곳에서부터 뜨거운 것이 천천히 올라와 목구멍을 지나쳐 눈 밑까지 기어 올라온 것 같은 느낌이 들었다. 내가 알고 있었던 아버지와 전혀 다른 사람인 것 같은 느낌마저 들었다. 그리고 내가 크나 큰 불효를 하고 있던 사실을 인지했고 그 마음에 가슴이 아팠다.

나에게 선택만이 남아 있었다. 다른 곳으로 가느냐? 아버지께 돌아가느냐? 문제였다. 물론 아버지의 마음을 뒤늦게 알았으나 세상에서 가장 무서운 사람에게 다시 돌아갈 생각을 하니 마음이 무거워졌다. 그러나 언제까지 도망칠 수는 없었다. 죽을 때까지 안 볼 것이 아니면 언젠가는 부딪혀야 했다.

지난 1년간의 세상에 대한 정면 승부보다도 아버지에게 돌아가는 것이 더 어려웠다. 갈팡질팡 고민 하던 와중에 고모에게 전화를 걸어 내 심정에 대해 이야기를 했고 고모가 말했다.

"준영아, 고모가 세상을 살면서 크게 느꼈던 것 중 하나가 있는데 그게 뭐냐면 엄청 고민하고 걱정되었던 일들은 막상 부딪히면 별거 아니라는 거야. 진짜 큰일은 얘기치 않게 다가오니, 지금 이 순간 많이 걱정하고 고민해라." 고모의 말 한마디에 나는 블로그에 아버지에게 쓰는 편지를 썼다.

아버지께.

지난번 고모 집에서 의절을 선언한 후로 벌써 2년이라는 세월이 흘렀네요. 지금 막상 이글을 쓰는 순간까지도 두렵고 무섭습니다.

고모한테 이야기 다 들었습니다. 처음 시작할 때부터 지금까지 쭉 제 블로그를 소리 없이 보셨고, 아들 걱정에 컴퓨터만 붙잡고 사셨다고.

결국 아버지 말씀이 다 맞았어요. 결국 저 혼자 할 수 있는 게 아무 것도 없다는 사실을.

아버지를 벗어난 순간 잠시 동안은 좋았습니다. 뭔가 해방감이라고나 할까요?

그런데 그 해방감도 잠시…. 내가 직면한 세상은 아무 무섭고 컸네요. 여행 내내 당신을 생각했습니다. 어떤 감정을 느끼셨고, 어떤 생각을 가지셨는지 이제는 조금 알 것 같습니다. 양 어깨가 엄청 무거웠을 거라는 것을. 이제는 압니다.

그런데 그거 아세요?

전 항상 잘 보이고 싶었어요. 제가 가지고 있는 능력은 밑바닥인데 당신 자식 아주 훌륭하고 멋있는 놈으로 보이고 싶어서 열심히 했지만 결국 안됐습니다. 그래서 거짓으로 단지 보여주기 위한 삶으로 변모했던 것 같습니다.

처음부터 거짓말할 생각도 없었습니다. 그런데 그 당시 내 가슴을 무너지게 하는 건 당신의 한숨과 눈빛이었습니다. 그래서 가면을 쓰고 겉만 그럴싸하게 당신을 속이고 제 자신도 속였던 것 같습니다. 그런데 지금 그 가면을 벗으려고 합니다.

아버지.

좋은 학교, 좋은 직업, 그리고 좋은 가정…. 저라고 해서 그걸 바라지 않는 게 아닙니다. 남들보다 더 간절하고 그로 인해 열등감에 지난 시간을 살아왔습니다. 그리고 그런 보여주기 위한 삶이 저를 여태껏 목을 조여 왔습니다. 이제 남들의 시선이 아닌, 저 있는 그대로의 저를 받아주시면 안될까요? 저도 무척이나 그립고 보고 싶지만 이런 제 모습을 보고 또 실망할까봐, 또 예전처럼의 일이 반복될까봐 두려워 연락드리기가 어려웠습니다.

그리고 어릴 적부터 가정사로 당신을 나쁜 사람으로 만들면서 사람들한테 관심 받고 도움 받은 행동한 거 지금 와서 죄송하다고 말씀드리고 싶습니다.

크면서 주변 사람들이나 여자 친구한테 아버지나 어머니에 대해 욕을 하면 '그래도 너를 낳아주신 분이잖아' 이렇게 말하면… 이 힘든 세상 태어나게 해서 힘들게 사는데 뭐가 감사해. 라는 식으로 말을 했습니다.

그런데 이렇게 세상을 떠돌아다니면서 아름다운 풍경을 보니, 당신에게 처음이자 진심으로 볼 수 있게 해 주셔서 감사하다고 전해 드리고 싶습니다.

7월 20일 오후 4시 30분에 인천공항으로 도착합니다.

용기 내어 연락드립니다.

더 이상 안 숨겠습니다. 이렇게 짧은 글로나마 연락드립니다.
기다릴게요. 안아 주세요.

그리고 2012년 7월 20일 인천.
그는 나를 안아 주었다. 따뜻했다.
그의 품에서 사향 냄새가 났다.

인생은 짧다
키스는 천천히
웃음은 미친 듯이
사랑은 진실하게
용서는 빠르게   -파울로 코엘료-

2011년 8월 5일부터 2012년 7월 25일까지 약 1년이란 시간 동안 길 위에서 약 2만 3천km를 감정의 흐름을 쫓아 세상을 떠돌아 다녔다.

사람이 싫어 사람을 피해 떠났던 여행길에서 세상은 그저 드넓은 바다와 같음을 말았으며, 그 바다 속에서 우연히 마주친 사람들은 인연이었음을 나중에 가서야 알게 되었고 그 만남을 통해 다시 사람을 그리워 해그 그리웠던 사람들을 만남으로써 내가 가졌던 아픔과 상처들이 다 녹아있음을 한국으로 돌아와 뒤늦게 알게 되었다.

나는 여행 후 일상으로 돌아가 적응하고 그에 젖어있을 때 즈음 늦은 나이에 강원도 철원군에서 군복무를 했다.

314

처음 군에 들어와서 눈만 감으면 히말라야 산맥이 눈에 아른거릴 정도로 현실과 괴리감이 생겨 애를 먹었고, 시간이 지나 짬이 어느 정도 차게 되어 몸이 편해질 무렵 전역 후 앞날에 대한 불안과 걱정으로 어설프게 취업준비를 하면서도 눈을 감을 때마다 여전히 생생하게 떠오르는 내 인생에서 가장 아름다웠던 황금빛 순간에 대한 아련함에서 오는 괴리감으로 고통 받던 중 가장 친한 친구이자 몽상가인 손영원 군이 "어설프게 철들기 전에 먼저 네 이야기를 먼저 마쳐야 할 것 같다." 라는 말에 공감하여 내 이야기를 시간이 날 때마다 적어 내 군생활에서 단연 제일 보람찬 행동을 전역 전에야 겨우 써 갈 수 있었다.

사실 이야기를 쓰면서 평생 혼자만 가지고 가고 싶었던 나의 치부이자 남에게 절대 하지 않았던 이야기를 나름 솔직하게 풀어 썼는데 마치 이 글을 읽는 사람들 앞에서 홀딱 벗는 느낌이 들 정도로 부끄럽고 힘들었다. 그러나 나의 치부를 당신들에게 공개함으로써 또 내 이야기를 세상에 내놓음으로써 과거의 나와는 결별을 선언하고 다시 태어남을 준비한다고 생각한다.

내 이야기는 여행기라고 하기엔 짜임새가 없으며 또 자서전이라 하기엔 세상에 내 이름 석자 알릴 수준이 아니바 부끄럽다. 하지만 이 섬나라 한반도에 살고 있는 그저 그런 평범한 젊은이의 지나왔던 삶을 회고함으로써 또 더불어 내가 경험했던 일들에 대해 의식을 좇음으로써 반도에 사는 세상의 끝이 무엇이고 또 궁금해 하지 않고 살다 죽어갈 대부분의 사람들에게 이렇 살 수 있었으니 하네! 라는 작은 위로의 메시지라도 들려주고 싶어 용기 띄어 글을 썼다. 뭐를 돌아가는 과정은 겹으로 히틀었는데 나여남을 핑계 삼아 내 자산이 희비가 이른 일들에 대한 일종의 죄책감이요 스스로의 죄의식이었다.

나와 그녀의 행군을 마치며

따뜻한 마음씨와 바다 같은 배려로 승냥이 마냥 이리저리 떠돌았던 삶을 살아온 나에게 그녀는 편안한 안착지가 되었으며 또 새로이 정착 할수 있는 희망을 주었다. 그러나 사람의 연을 알 수 없듯이, 우리들 또한 우리의 감정을 저 흘러내려가는 강물 같던 시간 속에 투신시키기도 하였다. 그리고 마침내 그녀를 보냈다.

그녀에게

내가 너를 왜 만난지 알아?
나는 너에게서 나를 봤어
너는 너고, 나는 난데 말이야
사랑해 주고 싶었고, 힘이 되어주고 싶었는데
너는 너무나 나 같아서.
나 같은 사람을 만나선 안 됐던 거야.
이제 그만 안녕하고
서로의 행복을 빌어주자.
마치, 자신에게 하듯 말이야.
행복하자. 잘살자.

그리고 이제야 너를 보낸다.
잘 가라.